世紀名家

# 三國

# Romance of the Three Kingdoms



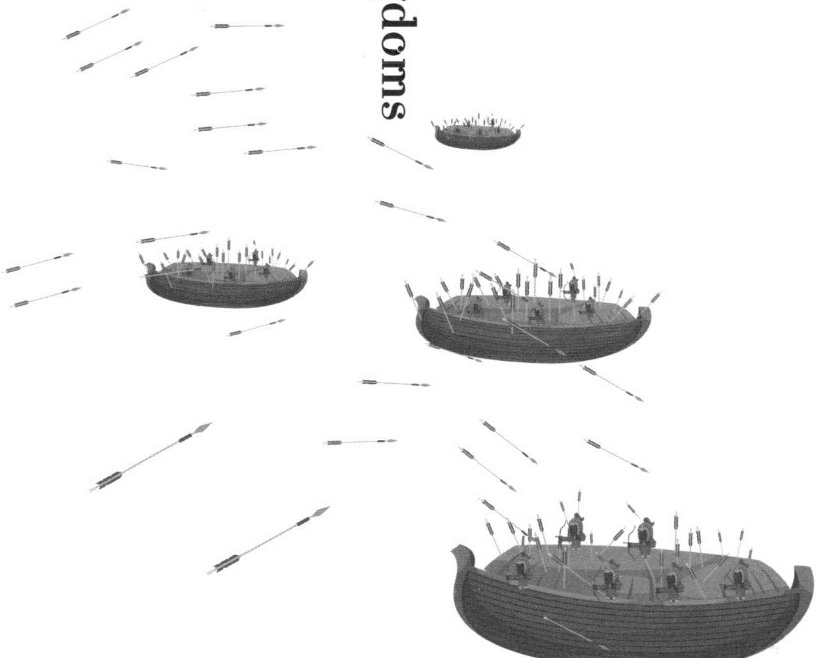

# 目錄

蜀

# 編者的話

你喜歡閱讀嗎？我們為何要閱讀？閱讀能帶給我們什麼？閉上眼睛，靜心會神，想一想！

目川認為：閱讀文字可以讓大腦產生一連串的聯想，自由豐富的想像，將字句片段轉化成專屬畫面躍然飛翔，從心出發徜徉文字海，悸動如浪，層層疊疊激起波瀾。閱讀不僅僅是文字的瀏覽，當下心情的投射透過字裡行間的轉折迴盪，帶領我們心遊神往。如果世上真有時光機，那定是永垂不朽的名著流傳！台灣知名出版人郝明義先生就曾這麼比方：「當代作品提供給人們的是可以直接使用的財富來源，而經典是個存摺，它提供給我們不是馬上使用的鈔票，它可能是個金元寶或金錠子，雖然需要多一道手續提取，卻有著不可替代的價值。」

在這個資訊爆炸的時代，每隔幾天就有新的「迷因」（註）竄起，流行語和商業作品總是攻城掠地般的快速攻佔我們的雙眼、佔據我們的腦容量，快速而方便的速食文章，讓我們暫停在接收端。讀字、咀嚼文意、內化涵養，種種閱讀帶給我們的成長，似乎正在消逝滅亡。所以目川鼓勵孩子閱讀名著，名著是經過時間沉澱後的菁華，是前人的智慧與情感，是永遠探索不完的寶藏。透過文字世代相傳，如果孩子能夠讀得懂、看得透，那便是接續了文化傳承的交棒，一代又一代的孩子，帶著閱讀名著種下的美好，邁步前行追尋屬於自己的詩和遠方。

系列的首發：《世紀名家：三國》在華人文化中，三國演義絕對是名聞遐邇的故事，且深入我們的日常，無論是出自此處的成語：如魚得水、初出茅廬；還是人物形象：關羽的忠義、諸葛亮的智慧，如今還是令人津津樂道。

關於本書，目川文化將內容精簡濃縮，採用敘事白話文，讓閱讀無障礙，孩子從閱讀中學習新知，對三國演義有初步的瞭解，訓練獨立閱讀的能力，體會那時代豪傑在計謀中、在彼此的背叛中、在忠誠與勇猛中，共同譜寫的傳奇史詩。

（註）迷因：英文 Meme。指短時間透過網路大量散播資訊，因此聲名大噪的人、事、物。

# 魏蜀吳——三國陣營

## 君主

曹操、曹丕、曹叡、曹芳
曹髦、曹奐

## 大司馬

夏侯惇、曹仁、曹真、曹爽
司馬懿、司馬師、司馬昭

## 重要文臣

荀彧、許攸、程昱、蔣幹

## 重要武將

張遼、許褚、夏侯淵、夏侯楙
張郃、郭淮、鄧艾、曹洪
郝昭、徐晃

## 君主

劉備、劉禪

## 丞相

諸葛亮、蔣琬、費褘

## 五虎將

關羽、張飛、趙雲、馬超
黃忠

## 重要文臣

龐統、孫乾、伊籍、法正
鄧芝、楊儀

## 重要武將

關平、關興、張苞、魏延
王平、馬岱、廖化、糜芳
嚴顏、馬謖、周倉、姜維

## 君主

孫堅、孫策、孫權、孫亮
孫休、孫皓

## 大都督

周瑜、魯肅、呂蒙、陸遜

## 重要文臣

張昭、諸葛瑾、諸葛恪
步騭、闞澤

## 重要武將

黃蓋、程普、馬忠

# 【蜀】

# 第一章　豪傑三結義——序幕

話說天下大勢，分久必合，合久必分。東漢末年，朝政腐敗。天下人心思亂，盜賊四起。鉅鹿郡張角，自稱「大賢良師」，聚眾四、五十萬人起義，頭裹黃巾，聲勢浩大。黃巾軍進入幽州地界，幽州太守連忙發出榜文招兵。

榜文行到涿（ㄓㄨㄛˊ）縣，引出一名英雄。此人性情寬和，胸懷大志，專好結交天下豪傑。他是中山靖王劉勝的後代，姓劉，名備，字玄德，已二十八歲，平日靠賣鞋織席為生。

劉備當日見了榜文，長嘆一聲。突然，背後有一人大聲叫道：「大丈夫不思為國出力，嘆什麼氣呢！」

劉備回過頭來，只見這人身長八尺，豹頭環眼，燕頷虎鬚，聲音如打雷般響亮。劉備見他相貌奇異，便問他姓名。那人回答：「我姓張，名飛，字翼德。」

劉備這才解釋道：「我有破賊安民的志向，只恨力不從心，所以才嘆氣。」

張飛說：「我從事賣酒、屠宰豬羊的生意。我願意拿出家中財產，招募一批義士，共同去做一番大事業，你意下如何？」劉備當即同意。兩人聊得投機，便一起去村口的酒館飲酒敘話。

不久，門外出現一個推車大漢，在店門口休息，一進店就喊：「快倒酒來，我等著進城投軍！」劉備仔細觀察那人：身高九尺，鬚長二尺，丹鳳眼，臥蠶眉，面如重棗，威風凜凜，相貌堂堂。劉備邀他同席，並問他姓名。

那人說：「我姓關，名羽，字雲長。因鄉里豪強橫行，我一怒之下失手打死人，在外逃難已有五、六年的時間，最近聽說前線正在招軍，特來應募。」劉備、張飛將他們的打算告訴關羽，關羽聽後大喜，便與他們同到張飛莊上商議大事。

張飛說：「我莊後有一座桃園，花開正盛。明

天，我們就在桃園中祭告天地，結為兄弟，往後的日子裡同心協力，成就大事。」劉備、關羽齊聲說好。次日，三人在桃園備下祭品，點香立誓，結為異姓兄弟。劉備年長，做了大哥，關羽第二，張飛是三弟。祭完天地，三人宰牛設酒，招募鄉中勇士，聚了五百餘人。

不久，兩個大客商路過莊上，聽說劉備志在討賊安民，便贈送他們良馬五十匹，並送上金銀、鑌鐵，以供軍需。於是，他們請了工匠打造兵器：劉備打造了雙股劍；關羽造八十二斤重青龍偃月刀；張飛做了一把丈八蛇矛。每個人還各做了一套鎧甲。於是，三人便率五百多鄉勇，前去投軍。

從此，劉備、關羽、張飛三人率兵四處征戰，接連取勝。黃巾軍被剿滅後，朝廷論功行賞。由於三人戰前皆是平民，在朝中沒有人脈，所以劉備只受封了小官—安喜縣縣尉，而關羽、張飛並沒有獲得任何官職。

劉備上任不滿四個月，郡裡派了一名督郵來安喜縣巡察。督郵見劉備無意賄賂自己，便將縣吏叫來驛館，並要他誣告劉備殘害百姓。縣吏不肯，督郵就將他綁起來拷打。

那天張飛正好喝完悶酒，騎馬從驛館前經過，看見五、六十人在門前痛哭。

張飛問明情形，滾鞍下馬，衝入驛館，對督郵怒喝一聲：「害民賊！認得我嗎？」沒等督郵開口，張飛一把抓住他頭髮，將他扯出館舍，一路拖到縣衙前，綁在拴馬樁上。張飛折下柳條，用力抽打，一連打斷十幾枝柳條。

劉備聽見門前喧鬧，忙去查看，見綁著的是督郵，驚問其故。張飛說：「這樣的害民賊，留他幹嘛？」督郵見了劉備，忙喊：「玄德公救我！」劉備急忙叫張飛住手。

關羽過來，也說：「哥哥屢建功勛，只做了小小縣尉，還受這督郵侮辱！依我看此地不宜久留，不如殺了督郵，到其他地方另謀高就吧！」

劉備覺得有理，便取來大印，掛在督郵脖子上，說：「今日暫且饒你性命。」說罷，帶著關羽、張飛離開了安喜縣。不久，四方盜賊又起。劉備再次出征建功，做了平原縣令。

東漢中平六年，靈帝病歿，各路大臣、宦官及皇親國戚爭權，把國都洛陽搞得烏煙瘴氣。此時，河東太守董卓乘機率兵進京，獨攬朝廷大權，並自封為宰相。董卓為人殘暴，不僅害死太后和新登基的少帝，還縱容部下殘殺百姓，搶掠財物。

一天，司徒王允以生辰為由，宴請平素親近的大臣。幾杯黃湯下肚，王允突然放聲大哭說：「董卓如此凶殘，恐怕漢朝天下就要亡在他手裡了！」聽了這話，宴席上眾人也都哭了起來。

只有一人撫掌大笑：「你們這樣哭，難道能把董卓哭死？」王允一看，那人正是驍騎校尉曹操，字孟德。王允站起身，斥責曹操：「你祖上也是漢朝臣子，現在竟不思報國，反而嘲笑大家！」

曹操說：「我是笑大家不思考報國之法，卻在此哭泣。我雖然本事不大，但是願意以身犯險，除掉董卓。」

王允疑惑地反問：「孟德，你想怎麼做？」

曹操說：「最近我表面投靠董卓，實際上是想趁機除掉他。現在董卓很信任我，因此我能夠常常進出相府。聽說司徒大人有一把七星寶刀，請把它借給我，讓我去刺殺董賊。」王允很高興，為曹操敬酒壯行，並取出寶刀給曹操。

第二天，曹操帶著寶刀進入相府，直接來到小閣，見董卓坐在床上，義子呂布在床旁侍立。董卓問曹操為何遲到，曹操藉口自己的戰馬瘦弱，走得太慢，因此遲誤。董卓聽後回頭對呂布說：「西涼剛給我進獻了一批好馬，你去給孟德挑一匹。」曹操見呂布走開，便想拔刀刺殺，卻又怕董卓力大，不敢輕舉妄動。

過了一會兒，董卓側身躺下，面向牆壁。曹操連忙拔出寶刀想刺過去，不料董卓從鏡子裡看到曹操的動作，急忙轉身問曹操：「孟德，你要做什麼？」這時，呂布也選好馬進入房裡。

曹操見事情敗露，只好舉刀跪下道：「我有一口寶刀，獻給恩相。」董卓接過刀來一看，果然是把好刀，便欣然收下。

接著，董卓帶著曹操到門外看馬，曹操藉口騎上試試，出了相府，便狠抽幾鞭，往東南方狂奔而去。董卓見曹操一去不回，回想剛剛從鏡子看見曹操拔刀的一幕，終於察覺曹操行刺的陰謀，於是傳令懸賞捉拿曹操。

曹操逃到中牟縣，被守兵抓獲。縣令陳宮聽聞曹操刺殺董卓之事，很是敬佩，於是，他放棄官職陪曹操同行。兩人走了三日，到了曹操父親的結義兄弟呂伯奢家。呂伯奢問過情形，便騎驢到西村買酒。

曹操與陳宮等了好久，忽然聽見莊後有磨刀聲，又聽見有人說：「綁起來殺了吧？」曹操說：「原來這些人不懷好意！如果不先下手，一定會被他們抓去領賞。」於是兩人拔劍直入，見人就殺，一連殺死八人。搜到廚房裡，卻看到那裡綁著一頭豬，才知道誤殺了好人。

陳宮對曹操說：「孟德，你太多疑，害我們誤殺了那麼多人！」

兩人急忙騎馬出莊。走了不遠，見到呂伯奢攜著酒迎面而來。呂伯奢問：「賢侄和使君為何要走了呢？我已讓家人殺豬款待。」曹操不回答，只是往前走到呂伯奢面前，忽然對他說：「看後面是誰來了？」呂伯奢剛回頭，曹操就揮劍殺了他。

陳宮大驚，責怪曹操濫殺無辜，曹操說：「他回到家，見死了這麼多人，肯定不會善罷甘休，必會報官，捉拿我們二人，到時候我們就無路可逃了。」陳宮斥責道：「明知已經鑄成錯事，還要殺人，這樣太不仁不義了！」曹操殘忍地說：「寧教我負天下人，休教天下人負我！」

晚上他們投宿一家客棧，曹操先睡。而剛剛曹操所說的話一直在陳宮耳邊迴盪，他心想：「我還以為曹操是個好人，所以才棄官跟隨他，誰知竟是個狼心狗肺的傢伙！」他本想拔劍殺了曹操，但是轉念一想，覺得自己不如另投他人，便不等天明，上馬離開。

曹操醒來，不見陳宮，便連夜趕回家鄉。他還以皇帝的名義，發矯*詔予各路諸侯，立誓討伐董卓，並豎起「忠義」大旗，招募兵馬，應募的人不計其數。曹操每日都在村中操練兵馬。各路諸侯收到曹操的矯詔後，紛紛舉兵響應，共有十八路諸侯會盟，幾十萬大軍匯集在洛陽城外。（＊註：假借皇帝名義所發的詔書。）

北平太守公孫瓚（ㄗㄢˋ）率軍路過平原縣時，正巧碰上在此擔任縣令的劉備。公孫瓚勸劉備捨棄縣令之位，一起討伐董卓。劉備答應，便帶著關羽和張飛前往洛陽。

會盟後，大家聽從曹操的提議，一致推舉「門生故吏滿天下」的袁紹為盟主，袁紹又命族弟袁術總督糧草，孫堅為前部先鋒，領兵殺向洛陽東邊的汜（ㄙˋ）水關，董卓則派大將華雄迎敵。孫堅的部將程普飛馬挺矛，刺死了華雄的副將，華雄大敗，入關堅守。袁術怕孫堅立了頭功，故意不發軍糧，導致孫堅缺糧，軍心大亂。華雄乘機襲擊，孫堅大敗。

袁紹得知孫堅敗陣，十分吃驚，急忙召集眾人商議。忽然探子來報：華雄前來叫陣挑戰。盟軍先後派出兩名將軍，卻皆被華雄擊敗。袁紹說：「可惜我的上將顏良、文醜沒來！只要有一人在此，還怕什麼華雄！」

袁紹話音剛落，只聽見帥台下有一人高聲叫道：「我願意出戰，斬殺華雄！」袁紹見此人十分英武，便問是何人。

公孫瓚說：「他是劉備的二弟關羽，跟隨在劉備身邊當馬弓手。」

袁術聽了生氣地說：「你以為眾諸侯沒有大將了嗎？一個小小弓手，竟敢口出狂言！」

曹操急忙攔住說：「此人既出大言，想必有些本事。不如讓他出陣試試，如果打不贏，再責罰也不遲。」

但袁紹仍有疑慮：「若派一個小小的弓手出戰，肯定會被華雄笑話的。」

曹操卻說：「此人英氣逼人、相貌堂堂，華雄哪會知道他是一個弓手呢？」

關羽這時說：「我若是無法取勝，任憑軍法處置。」

曹操叫人斟上熱酒給關羽，關羽說：「酒先放著，我去去便回。」語畢，提起大刀，飛身上馬。眾人只聽見關外鼓聲大震，喊聲連天，如天崩地裂一般。正想派人查看，只聽鑾鈴聲響，關羽已經提著華雄首級回營。這時，那杯酒還是溫的。

董卓聽說華雄戰死，便和呂布領兵十五萬，到汜水關把守。公孫瓚親自出馬迎戰呂布。沒幾回合，公孫瓚敗走。呂布追趕上來，正想舉戟刺向公孫瓚，只見旁邊出現一人，手握丈八蛇矛，大叫：「燕人張飛在此！」呂布只得放過公孫瓚，迎戰張飛。

張飛和呂布纏鬥五十餘回合，兩人勢均力敵。關羽見了，舞動青龍偃月刀，拍馬前來助陣。劉備也使出雙股劍，飛馬向呂布殺來。三個人圍攻呂布，像走馬燈似的廝殺。

呂布戰不過三人，只好虛刺一戟，趕緊撤退。董卓見呂布吃了敗仗，便決意放棄洛陽，遷都長安。臨行前，董卓又命部下四處放火，洛陽城成了一片廢墟。

各路諸侯破汜水關而入洛陽。孫堅命人撲滅宮中大火，掃除瓦礫。夜裡，軍士報告，宮中一口井裡冒出了五色光芒。孫堅命軍士下井打撈，撈得漢朝皇帝的傳國玉璽，其部將程普說：「主公得了玉璽，將來一定能成就大事。此處不可久留，應速回江東。」孫堅覺得有理，便在第二天向袁紹辭行。

不料袁紹已得密報，便質問孫堅玉璽之事。孫堅賭咒發誓，騙過眾諸侯；隨即上馬，帶著自己的兵馬，拔寨離開洛陽。袁紹仍感不安，因此暗中命人趕往荊州，要荊州太守劉表設法攔截。孫堅經過荊州，被劉表截殺，狼狽地帶著玉璽逃回江東。

趕走董卓後，各路諸侯各懷異心，導致討伐董卓的事情無法進行下去，於是，眾諸侯領兵返回各自的駐地。而董卓到了長安，行事愈加驕橫。他徵集二十五萬民夫，在長安附近替自己修了一座堅固的城池，又聚斂無數金銀財寶。他進出長安，大臣們都要遠遠地迎送。若有人稍微表現出不滿，他便指使呂布將其殺害。

司徒王允府中有個歌伎名叫貂蟬，年方二八，能歌善舞，有傾國傾城之貌。王允知董卓父子都是好色之徒，於是，口頭上先將貂蟬許給呂布作妾，又製造機會讓董卓見到貂蟬，董卓自然無法抗拒其姿色，立刻將貂蟬帶回府中。呂布痛恨董卓奪愛，加上王允、貂蟬從中挑撥離間，呂布便立誓要殺掉董卓。

一日，王允派人假傳天子詔令，表示要禪位於董卓。正當董卓高興地步上朝堂，呂布從旁閃出，一戟刺殺董卓。董卓部將李傕（ㄐㄩㄝˊ）等人聽聞此事，立刻起兵，分四路殺進長安。呂布抵擋不住，便帶領家小投奔袁術。王允則被李傕等人殺害。

這時，各地黃巾軍又起。曹操領兵擊敗黃巾軍，並收編降兵中的精銳，取號「青州兵」。各路才俊爭相來投。自此，曹操部下文有謀臣，武有猛將，一時威震山東。

曹操在兗（ㄧㄢˇ）州安頓好後，派人到老家去接父親。就在他們一行經過徐州時，太守陶謙盛情款待眾人兩日，又派部將護送一程。不料，負責護送的部將見財起意，殺了曹操父親一行人，搶奪財物，逃奔淮南。曹操得到音訊，痛哭一場。他讓謀士荀彧（ㄩˋ）、程昱留守，自己身穿孝服，豎起「報仇雪恨」的白旗，帶領大軍殺向徐州。陶謙急忙寫信向北海孔融、青州田楷求救，自己率兵堅守。

孔融邀請劉備一同去救徐州，劉備便向公孫瓚借得二千兵馬和勇將趙雲，連同手下三千名部將，來到徐州。孔融、田楷兩路兵馬已先到，但因為懼怕曹兵勢猛，分別在遠處下寨，不敢前進；曹操也分散兵力部署，不敢貿然攻城。

劉備率軍臨近徐州城，張飛一馬當先衝殺，逼退一隊曹軍，眾人趕緊入城。陶謙設宴勞軍。他見劉備儀表軒昂，言語不俗，心中喜歡，便命手下拿來太守的令牌印信，準備讓與劉備。陶謙說：「玄德是漢室宗親，應當扶助朝廷。老夫年邁無能，情願將徐州相讓。」

劉備竭力推辭：「我雖是漢室後裔，卻沒什麼豐功偉業，任平原縣縣令恐怕也不十分稱職，今日來幫助閣下，只為一個『義』字。」陶謙身旁的謀士見二人互相謙讓，便說：「現在曹操兵臨城下，我們應先商議擊敗敵人的方法。等擊退敵人後，再做定奪也不遲。」

卻說曹操正在營中謀劃進軍策略，突然得報，收到徐州送來的書信。原來是劉備來信勸曹操退兵，曹操看後，大罵劉備假仁假義。這時，又收到急報：呂布已襲破兗州，進占濮陽，威脅曹軍後方。曹操思索片刻，決定賣個順水人情給劉備，當即回信表達願意退兵，隨後拔寨回防。

不久，陶謙身染重病。他自知年長，病情難再好轉，便請劉備來徐州商議軍務。劉備仍是推辭，不肯接下徐州牌印。過沒幾天，陶謙因病身亡。隔天，徐州百姓擁到府衙前，哭求劉備接任太守，以保徐州平安。關羽、張飛及眾人也再三相勸，劉備才答應暫且擔任徐州太守。

卻說曹操回到兗州，與呂布多次激戰，終於打敗呂布。呂布於是收拾殘兵，來徐州投奔劉備。眾人勸劉備不要收留他，但劉備說：「當日若不是呂布進攻曹操的後方根據地，曹操怎會從徐州退兵呢？現在呂布來投奔我，我怎能不收留？」

張飛說：「哥哥心腸也太好了！呂布朝秦暮楚，必須小心防備。」

呂布進城，劉備就要將徐州太守之位相讓。呂布正要接下牌印，卻見到劉備身後的關羽和張飛滿面怒容，當即假笑推辭。於是，劉備便讓呂布領兵在徐州境內的小沛駐紮。

此時，朝中李傕和郭汜專權，彼此爭鬥，長安城內一片混亂。國舅董承等人趁機保護獻帝逃回洛陽，改元建安。獻帝另派人召曹操入朝輔佐王室。

# 【蜀、魏】

# 第二章　煮酒論英雄──騷動

曹操擊退李傕、郭汜後，擔任丞相一職，掌握朝廷實權。他以洛陽荒廢日久，難以修復為藉口，要獻帝遷都許昌，獻帝不敢不從，群臣亦懼怕曹操，不敢有任何異議，他即開始「挾天子以令諸侯」。

曹操為了讓呂布與劉備互相殘殺，先以皇帝名義詔封劉備為徐州牧，並寫密信要劉備殺呂布。曹操見劉備無動於衷，又發矯詔，叫他去攻打袁術。劉備留張飛守徐州，帶著關羽，統兵三萬，進攻袁術的根據地南陽。當夜，呂布趁張飛酒醉，守城鬆懈之際，篡奪徐州。劉備兵敗返回徐州，呂布送還其家眷，讓劉備駐守小沛，兩家重修舊好。

而孫堅深恨荊州太守劉表當日阻攔，急於報仇。不料，反中劉表埋伏，在混戰中遭亂箭射死。孫堅的長子孫策隨後投奔袁術，四處征戰；袁術很喜愛孫策，甚至說過：「若我的孩子如孫郎一般，死有何憾？」

孫策以孫堅留下的傳國玉璽作為信物，向袁術借得三千名士兵，並帶領父親的舊將程普、黃蓋等人，回到江東，準備東山再起。途中，他遇見少時好友周瑜前來相助，周瑜還向孫策推薦張昭等才俊；其後，各地名士紛紛慕名前來投奔孫策，很快就幫助他於江東掌握實權。而袁術得到傳國玉璽後，便自立為王。他恨劉備前番無故相攻，便派大將紀靈帶領幾萬兵馬，攻向小沛。劉備急忙向呂布求救。

呂布大軍紮下營寨後，請紀靈、劉備兩人飲酒。呂布讓人取來畫戟，並放在轅門外遠遠插定，說：「轅門離這裡有一百五十步。我如果一箭射中畫戟，你們就罷兵言和；射不中，你們再開戰也不遲。」紀靈和劉備都答應了。只見呂布挽起袍袖，搭箭拉弓，叫一聲：「著！」一箭正中畫戟，眾人齊聲喝采。劉備暗覺慚愧，紀靈呆站了一會，最後只好答應退兵。

袁術聽完紀靈彙報，怒道：「呂布多次受我援助，今日竟以此兒戲之事，袒護劉備，我必親征劉備，兼討呂布！」紀靈連忙勸阻，他主張呂布和劉備互為靠山，不宜直接進攻，應先與其中一方結盟。於是，袁術與呂布結為兒女親家，聯合對付劉備。

劉備無法抵禦兩人的攻勢，只得投奔曹操。謀士荀彧建議趁機除掉劉備，曹操卻不願因殺劉備一人而失去民心，反撥給劉備三千兵馬，表薦劉備擔任豫州*太守，共同攻打呂布。不久，曹操設計攻滅呂布，得到徐州，且收降呂布的大將張遼，接著引薦劉備至許昌面聖。（*註：豫州緊鄰徐州的西邊）

在朝堂上，獻帝取出宗譜一看，見劉備是自己的族叔，於是拜劉備為左將軍，當日便設宴慶賀。從此，人們都稱劉備為劉皇叔。

曹操回府後，荀彧等謀士們紛紛表示：「皇帝初見劉備便賜他高官厚祿，如此下去，恐怕對丞相不利啊！」曹操不以為然地說：「只要我以皇帝的名義命令劉備，他就必須服從我。而且將他安置在京城附近，一切盡在我的掌握之中，我有何懼？」

隔天，曹操約皇帝出城打獵。一路上，曹操與天子並馬而行，且周圍盡是曹操心腹。忽見荊棘叢中竄出一隻大鹿，皇帝連射三箭未中，轉頭對曹操道：「卿射之。」

曹操討了獻帝的寶雕弓、金箭，射殺大鹿。遠處的文武百官見了，還以為是皇帝射中，高呼萬歲，曹操縱馬於前接受眾人的歡呼。關羽見曹操不把皇帝放在眼裡，提刀拍馬要殺曹操，卻被劉備阻攔。

之後，關羽問劉備：「曹操欺君罔上，為何不讓我殺了他？」劉備說：「曹操就在皇上附近，況且手下大將皆在側，如果賢弟逞一時之怒，輕舉妄動，傷著皇帝，我們的罪責可就大了。」

回宮後，皇帝回想起打獵的情景，知道曹操早晚會謀害自己，便咬破指尖，寫下一封密詔，縫在衣帶裡面，交給國舅董承，要他聯合忠義之士，除滅奸黨。董承讓劉備和西涼太守馬騰等人在密詔上簽名，歃血盟誓，為國除賊。

劉備為了防止曹操起疑心，每天足不出戶，在後院種菜。關羽和張飛不解，對於他們的疑問，劉備只是回答：「我的心事你們還不懂。」

一天，劉備正在澆菜，曹操派人去請劉備喝酒。劉備提心吊膽地來到相府，曹操拉著劉備的手，笑著說：「玄德學起種菜來了，不容易啊！」接著又說：「我園子裡的梅子成熟，特意煮酒請玄德來共飲。」

曹操帶劉備來到一個小亭裡，桌上已經擺好了一盤青梅和一壺熱酒。兩人面對面坐下，開懷暢飲。曹操說：「玄德走遍四方，一定知道當世都有哪些英雄吧？」

劉備說：「我凡人肉眼，哪能識得英雄呢？」

曹操說：「就隨便說說吧！」

劉備說：「淮南袁術，兵多糧足，可算英雄？」

曹操說：「袁術不過是墳中枯骨，我早晚擒他！」

劉備說：「河北袁紹，出身名門，如今盤踞冀（ㄐㄧˋ）州，部下多是天賦異稟的人才，應該可算是英雄吧？」

曹操說：「袁紹優柔寡斷，貪圖小利，不是英雄！」

劉備說：「孫策正值壯年，雄踞江東，該算是英雄吧？」

曹操說：「孫策不過依仗其父親的名望，算不得英雄。」

劉備說：「除了這些人，我實在不知道還有誰算得上是英雄。」

曹操用手指了指劉備，又指著自己，說：「英雄者，胸懷大志、腹有良謀。當今天下英雄，只有你我二人而已！」

劉備聞言，大吃一驚，手中筷子不覺掉在地上。同時，正好雷聲大作，劉備假裝害怕雷聲，騙過曹操。曹操見劉備膽小如鼠，便不再對他存有疑心。

次日，曹操得報：袁術驕奢淫逸，其部下紛紛叛亂，又聽聞他要把玉璽送給袁紹，與袁紹合兵。但是，從淮南到冀州，須途經徐州，因此，曹操想派人至徐州阻截袁術。

正在尋求脫身之計的劉備，主動請纓出戰，向曹操借調五萬兵馬後，出發除賊，正是「如魚入大海，鳥上青霄」。劉備打敗袁術之後，藉口需用軍隊駐守徐州，以此為由拒還曹操兵馬，並獨占徐州。戰亂中，徐璆（ㄑㄧㄡˊ）奪得玉璽，便赴許昌獻給曹操，官封高陵太守。

劉備得到徐州後，寫信邀約袁紹一起對付曹

操。曹操聞訊大怒，立刻派兵攻打徐州，卻被關羽和張飛擊退。劉備憂心曹操再次興兵，便將兩位夫人安置在下邳（ㄆㄟˊ），命關羽駐守，自己和張飛領兵於小沛，並派孫乾等將領鎮守徐州，互成犄角之勢。

曹操見先前派出的軍隊大敗，便親自率兵進攻。很快，曹操攻破小沛，劉備落荒而逃，往冀州投奔袁紹。張飛找不到劉備，便帶著幾個隨從，逃進一座深山，只剩下關羽仍死守下邳。曹操愛惜關羽的武藝，可又知道關羽很重義氣，不會輕易投靠自己，便將關羽圍困在一座小山上，派與關羽有交情的大將張遼前去勸降。

關羽見了張遼，正色道：「我視死如歸，不必多言。」

張遼笑著說：「你當時和劉皇叔結為兄弟，誓同生死。現在皇叔不過暫時失利，生死未卜，你卻要戰死，這不過是匹夫之勇，不算什麼義氣。不如先降了曹操，等有了皇叔音訊，再前去投奔。」

關羽想了想，說：「要我投降，必須答應我三件事，丞相答應，我便歸降。不然，只有戰死！」張遼忙問是哪三事，關羽說：「第一，我只降漢帝，不降曹操；第二，照舊撥付兄長俸祿，奉養兩位嫂嫂；第三，只要我得知兄長的下落，即便是天涯海角，我也要去找他。」

張遼回去稟報，曹操聽了直搖頭：「前兩件不難，可要是答應了第三條，我留著關羽還有什麼用呢？」張遼說：「劉備對他不過是恩重，丞相如果對關羽更好，怕他不服嗎？」曹操一想，也覺得有道理，便答應了。

回到許昌，曹操將一座大宅院分給關羽。關羽把它劃為兩院，請兩位嫂嫂住在裡院，派軍士把守，自己則住在外宅。曹操送他不少金銀器皿和綾羅綢緞，還有十幾名美女；關羽把財物都交給嫂嫂，並讓這些女子在裡院侍候。曹操知道後，越發敬重關羽的為人。

曹操見關羽的戰袍舊了，就命人製作一件全新的送給他。關羽將新袍穿在裡面，外面仍穿舊袍。曹操笑道：「雲長何必如此節儉？」

關羽說：「舊袍是兄長送的，我不敢因為有了丞相的新袍，便忘了哥哥的舊袍。」曹操雖然讚嘆關羽的義氣，心裡卻有些不愉快。

曹操還把呂布騎過的赤兔馬送給他，關羽高興地說：「有了這匹馬，來日得知兄長下落，我們便可以更快見面了。」曹操聽後，不禁感到後悔。

不久，袁紹來攻打曹操。袁紹的大將顏良武藝非凡，連殺曹操兩員上將，導致曹軍大敗。這時，謀士程昱建議曹操派關羽出戰，獻計道：「若劉備未死，必是去投靠袁紹了。今日讓雲長殺顏良，袁術肯定會疑心劉備並殺了他，此舉正好借刀殺人。劉備既死，主公何愁得不到關羽？」

曹操聽後，立刻派人去請關羽迎敵。隔日，關羽提著青龍偃月刀，騎上赤兔馬，直衝袁紹軍中。顏良還未及詢問來將是誰，就被關羽斬於馬下。曹操乘勢出擊，結果袁軍大敗。袁紹聽到軍士回報，殺死顏良的是一名紅面長鬚將軍，大為震怒，便要殺劉備。劉備說：「天下相貌相同的人很多，還請明公細察。」

袁紹是個沒主張的人，聽了劉備的話，也覺得有理。接著，袁紹又派名將文醜前去報仇。曹操陣中兩位大將先後出馬，都被文醜殺退。正在危急之際，關羽飛馬趕到。戰不到三回合，文醜心裡慌張，回馬想逃，卻被關羽從腦後一刀劈死。

袁紹聽說又是關羽殺了文醜，下令將劉備推出去斬首。

劉備說：「明公息怒！曹操本來就忌恨我，現在他知道我在您這兒，就特意讓雲長殺死您的兩個愛將，不過是想借您的手殺我罷了！」袁紹聽了劉備的話，又覺得有理。劉備說：「雲長知道我在這裡，一定會很快趕來。」袁紹說：「我若能得到關羽，勝過顏良、文醜十倍。」劉備當即寫了信，派人偷偷送給關羽。

關羽接到劉備書信，立刻去向曹操辭行。曹操命人在相府大門掛牌回避。關羽第二天再去，還是見不到曹操，只得將曹操所賜財物一一封存，又將官印掛在堂上，再寫信派人送給曹操。關羽請兩位嫂嫂上了馬車，自己騎馬護送。

曹操得知關羽掛印封金，便親自帶人追上關羽，為他送行。曹操送上黃金一盤，作為路費，關羽拜謝不受。曹操又送他一件錦袍，關羽恐有他變，不敢下馬，只用青龍刀挑起錦袍披於身上，謝過曹操，望北而去。看見關羽漸漸遠去，曹操感嘆不已。

關羽護送車仗，來到東嶺關前。守將孔秀見關羽沒有曹操的通關文書，不肯放行。關羽舉刀拍馬，只一回合便殺了他，繼續向前，來到洛陽。

未料，洛陽太守韓福早有準備，他設下埋伏，射傷關羽手臂；關羽忍著傷痛，斬殺韓福及其部將。而後，汜水關守將卞喜、滎（ㄒㄧㄥˊ）陽太守王植皆設計暗害關羽，幸好得人相助，關羽才力戰脫險，殺了卞喜和王植。最後，行至黃河渡口，守將秦琪前來攔阻，關羽手起刀落，秦琪立即屍橫馬下。至此，關羽共通過五道關隘，斬殺阻擋的守將六員。

關羽渡過黃河，忽見孫乾匹馬飛騎而來，告知皇叔正前往汝南。於是，關羽隨孫乾同行，去尋劉備。走了幾天，遠遠看見前面有一座山城，查問當地人得知：

幾個月前有一個叫張飛的將軍占了縣城，現在有三、五千兵馬。關羽趕緊請守門兵士進城通報，張飛聽後，也不回話，只是拿起自己的蛇矛，披掛上馬，帶了一千餘人出城。

關羽見了張飛，喜不自勝，拍馬迎上前去。只見張飛圓睜環眼，挺矛便刺。關羽大驚，連忙閃過，叫道：「賢弟！你難道忘了桃園結義嗎？」

張飛喝道：「你背信棄義，投降曹操，如今又來騙我？」

關羽說：「兩位嫂嫂在此，賢弟若不信我，自去請問嫂嫂們吧！」

甘夫人和糜夫人聽了，趕緊揭開車簾，把實情告訴張飛。張飛還是不信。這時，

只見一支兵馬追來。原來是曹操手下的大將蔡陽，他恨關羽在闖關的過程中殺了他外甥秦琪，前來尋仇。張飛對關羽說：「我擂三通鼓，你斬殺來將，我便信你。」張飛親自擂鼓，一通鼓還沒擂完，關羽已經殺了蔡陽。第二天，關羽和孫乾啟程探聽劉備的消息，留張飛於山城保護二位夫人。

關羽和孫乾循線找到冀州，由孫乾隻身入城找到劉備，告訴他關、張二人的情形，並共議脫身之計。之後，劉備藉口要到荊州找劉表共同對付曹操，離開了袁紹。

劉備辭別袁紹，與孫乾一同出城，見到關羽，二人大哭不止。回返山城途中，關羽認了十八歲的義子，名叫關平。他們還遇到前來投奔的原黃巾軍將領周倉，以及分別多時的趙雲。從此，趙雲一直跟隨劉備左右。

到了山城，眾人相見，感嘆不已；於是殺豬宰羊，拜謝天地，犒勞兵士。不久，劉備便開始招兵買馬，準備東山再起。

# 第三章　三顧茅廬——隆中諸葛

袁紹見劉備一去不回，火冒三丈，欲起兵攻伐。但謀士郭圖進言：「劉備不足為慮，曹操才是主公的勁敵，不可不除。江東孫策威震三江，手下謀臣武將眾多，可與之結交，讓他攻襲曹操後方。」袁紹依言修書。

未料，袁紹派出的使者見過孫策後不久，孫策便遇刺而亡，年止二十六歲。周瑜、張昭等人輔佐其弟孫權繼承江東基業；曹操得報，當即奏封孫權為將軍，兼領會稽太守。

袁紹聽聞曹操先拉攏了孫權，立刻出兵攻打曹操。曹操起兵七萬迎敵，留荀彧守許昌。雙方在官渡相遇，兩軍交鋒，曹軍大敗後堅守不出。袁軍築起土山、挖地道攻營，但是一一被曹軍擊退。

曹軍困守月餘，糧草告急、軍力漸乏，曹操急忙寫信，派人送到許昌讓荀彧籌辦。然而信使才走不遠，就被袁軍捉住，押來見袁紹帳下的謀士許攸。許攸看完信，連忙去見袁紹，通知曹操糧草用盡，現在正是加緊攻勢的時機。

然而，袁紹半信半疑，他知道許攸少時曾與曹操為友，懷疑他勾結曹操，來獻誘敵之計，反將許攸罵出。許攸見袁紹不信任自己，心灰意冷，當天夜裡便出營投奔曹操。曹操聽說許攸來了，大喜過望，連鞋子也來不及穿，光著腳就出帳迎接。

曹操拉著許攸的手說：「先生深夜來投奔我，一定有破袁良策。」

許攸一開口就問道：「軍中糧草還有多少？」

曹操說：「可用一年。」

許攸甩手走出帳外，說：「我真心來投，您卻如此欺瞞我！」

曹操趕緊說：「不瞞先生，軍糧只可用三月。」

許攸說：「人們都稱曹操奸雄，果然不錯，光是糧草這件事，您就對我撒了兩次謊。」

曹操笑著說：「實話說吧，軍中只剩本月之糧。」

許攸大聲說：「別再瞞我！軍中糧草已盡！」

曹操聽後非常驚訝，說道：「先生既然已經知道實情，定有良策救我。」

許攸說：「袁紹的糧草輜重，都堆積在烏巢，此處防備稀鬆。你可以派人假扮袁兵前去護糧，乘機放火。這樣，袁軍不出三天，不戰自亂。」

隔天，曹操留下大部分兵馬駐守大寨，再分出一支隊伍埋伏左右，便親率五千精兵，打著袁軍旗號，朝烏巢進發。到了烏巢後，四下放火。袁紹見北方火光沖天，知道烏巢有失。同時，他斷定曹操已傾巢而出，大營防守必然空虛，於是派遣大將攻打曹軍大營，另外派人去救烏巢。袁軍一入曹營，伏兵齊出，結果大敗。其後，袁紹竟急於問罪將領，導致大將紛紛投奔曹操。

當夜，曹操兵分三路前往劫寨，令袁軍損失大半兵力，又四處散布謠言，騙得袁紹調動兵馬後，趁機衝殺袁軍，使得袁軍鬥志全無，四散逃跑。最後，袁紹只能帶著八百騎兵，渡河逃命。

袁紹回到冀州，整頓敗軍，又聚集了二、三十萬大軍，來戰曹操。兩軍在倉亭對峙。曹操利用程昱所獻「十面埋伏」之計，由許褚、夏侯惇（ㄉㄨㄣ）、張遼、夏侯淵、曹洪等十名猛將，分兵十路，大破袁軍。袁紹與三子一甥拚死殺出重圍，逃回冀州。不久，袁紹病死，他的三個兒子為了奪權，自相殘殺，曹操便乘機一一剿滅。

而劉備見曹操忙於與袁紹作戰，便帶兵進攻許昌，曹操急忙調兵抵擋。幾次交鋒後，劉備大敗，倉皇逃往荊州，投奔劉表。劉表念及與劉備是同宗兄弟，親自出城迎接，還撥宅院給劉備居住，相待甚厚。

一日，劉表與劉備正相聚飲酒，忽然得報劉表的兩名部將在江夏造反。劉備主動請纓領兵討伐，劉表大喜，將三萬兵馬交予劉備，讓他進攻江夏。

劉備得勝回來後，劉表非常高興，道：「賢弟如此英雄，可保荊州無憂！」不過，劉表的夫人蔡氏對劉備有所猜忌，夜裡，她對劉表說：「我聽說荊州愈來愈多人與劉備來往密切，不可不提防。把他留在荊州只怕不妥，還是把他派遣到別的地方去吧！」

於是，兩天後，劉表決定讓劉備領本部兵馬到新野駐紮。劉備正要出荊州城，劉表的幕賓*伊籍攔住他說：「將軍這匹的盧馬，聽說會陷騎乘的主人於危難。」劉備謝過伊籍，不以為意。（*註：幕賓為軍中或官署裡，辦理文書的助理人員。）

劉備來到新野，整頓內政，興利除弊，政治一新。建安十二年春天，甘夫人生了兒子，取名劉禪，乳名阿斗。

這年冬天，劉表請劉備到荊州相會。兩人對飲正酣，劉表忽潸然淚下，劉備忙問他有什麼心事。劉表說：「前妻所生長子，人品雖賢，卻柔懦不足成大事；後妻蔡氏所生幼子，天資聰穎。我想讓小兒子繼承我的基業，卻怕破壞禮法；若立長子，又怕荊州蔡氏一門位高權重，且掌握荊州的軍務，恐會引發內亂，因此委決不下。」

劉備道：「自古以來，廢長立幼，總會招致禍亂。蔡家權大，可設法削弱。」

蔡氏這時正在屏風後偷聽。聽了劉備的話，懷恨在心。劉備一走，她便找來弟弟蔡瑁（ㄇㄠˋ），讓他設法殺劉備。伊籍聽到風聲後，急忙告知劉備，劉備不辭而別，連夜回到新野。

於是，蔡瑁想出一條計策，表面上請劉備到襄陽主持一場宴會，招待荊州大小官員；暗中則安排人馬，欲在宴席中殺了劉備。劉備接到邀請，非常為難。趙雲說：「我帶三百人同去，可保主公平安無事。」到了襄陽，趙雲佩帶寶劍寸步不離，宴會時也守在劉備身後。蔡瑁見難以下手，便特意在外廳設了酒席招待武將，趙雲推辭不去。但劉備要趙雲入座，趙雲不得已只好奉命出去。

酒過三巡，伊籍向劉備使了眼色，劉備會意起身，藉口如廁。伊籍也跟到後園，小聲對劉備說：「蔡瑁設計要害將軍，城外東、南、北門都有兵馬把守，將軍快從西門逃走吧！」劉備大驚，急忙騎馬往西門奔去。守門士兵趕緊報告蔡瑁。蔡瑁立即帶了五百人馬，飛速追趕。

劉備闖出西門，卻見前方一條大溪攔住去路，好幾丈寬，水流湍急。回頭一望，後面追兵即將趕到。劉備嘆道：「看來這次我是必死無疑了！」他見追兵逐漸逼近，心中慌張，只得往溪裡走。沒走幾步，的盧馬前蹄陷進泥中。劉備朝馬狠狠地抽打幾鞭，說道：「的盧，的盧，今天可真是害慘我了！」話才說完，那馬卻突然從水中一躍而起，飛身跳到對岸，劉備只覺得像騰雲駕霧一般。

蔡瑁追到溪邊大叫：「皇叔為何匆匆離席而去？」

劉備責問道：「我與你無冤無仇，為何要害我？」

蔡瑁說：「皇叔不要聽信別人的謠言。」

劉備見蔡瑁張弓搭箭，急忙撥馬望西南方走。這時，趙雲也帶兵追趕過來，不見劉備蹤跡，便盤問蔡瑁。聽說劉備已經過溪離去，趙雲不想惹事，便急忙返回新野。

劉備渡河後，如癡似醉，自覺逃過此劫豈非天意？忽然見到一名牧童在牛背上吹笛而來，便勒馬傾聽。牧童見了劉備，問道：「將軍莫非是破黃巾賊的劉玄德？」

劉備吃驚地問：「你怎麼認得我？」

牧童說：「我師父水鏡先生曾說起過將軍的模樣。」劉備便讓牧童帶他去見水鏡先生。劉備見水鏡先生面貌清臞，器宇非凡，連忙施禮。水鏡先生說：「將軍大名，如雷貫耳，只是不知將軍為何如此落魄？怕是沒有賢者輔佐吧！」

劉備說：「我雖不算多有才幹，但是文有孫乾，武有關羽、張飛、趙雲，這些人對我都忠心耿耿啊！」

水鏡先生說：「關、張、趙都是當世名將，可惜沒人善於用他們；文臣孫乾等人皆無經國濟世之才。」

劉備連忙請教，水鏡先生說：「臥龍、鳳雛，兩人得一，可安天下。」劉備還想再問，水鏡先生卻不再理會。

劉備回到新野後，一個名叫單福的人前來投奔。劉備與之交談，覺得此人見識不凡，便任命他為軍師。

這時，曹操派曹仁領大軍進駐樊城，虎視荊州。聽說劉備在新野招兵買馬，曹仁派將領帶五千人馬攻向新野。劉備採單福之計，設伏斬殺兩名曹將，曹兵大半投降。

曹仁見折損二將，大怒，再點二萬五千兵馬，發誓要踏平新野。不想單福精通兵法，極會用兵，破了曹仁的八門金鎖陣，將曹軍殺得大敗而歸。當晚，曹仁心有不甘，夜擊劉備的營寨，反中埋伏，遭趙雲和張飛殺退。當曹仁引殘兵回到樊城時，卻發現關羽已占據城池，只好星夜逃回許昌。

曹仁見到曹操，伏地請罪。

曹操說：「勝敗乃兵家常事，只是不知何人為劉備出謀劃策？」

曹仁說：「是一位名叫單福的人。」

這時，曹操帳下的謀士程昱說：「此人真名叫徐庶，字元直，很有才學。」

曹操聽後感嘆道：「可惜賢才歸於劉備，使其羽翼漸豐。」

程昱說：「丞相想召徐庶來，卻也不難。」接著獻上一計策。

曹操依計讓人騙來徐庶的老母親，模仿其筆跡給徐庶寫了一封信。徐庶見信，不由得大哭起來。他向劉備告知母親遭曹操囚禁，自己必須馬上趕至許昌，劉備也大哭道：「元直只管放心去吧！日後還有機會見面的。」

臨別時，徐庶說：「此地附近的隆中，有個曠世奇才，姓諸葛，名亮，字孔明，人稱臥龍，才能勝我十倍。將軍如能請他出山相助，肯定能夠平定天下。」說完，灑淚而別。

徐庶來到許昌，見到母親後，才知上當。徐母聽說劉備是個仁德之人，大罵徐庶沒出息，而後上吊身亡。徐庶十分悲痛，往後他身在曹營，卻終生不曾為曹操出謀劃策。

送走徐庶的第二天，劉備便和關羽、張飛到隆中去拜訪諸葛亮。他們找到諸葛亮的茅廬，劉備親自上前敲門，出來開門的小童說：「先生一早就出門去了，不知道何時回來。」關羽說：「既然不在家，只好改日再來。」劉備只好先回新野。

劉備天天派人打聽孔明的消息。一天，派去的人來報告說臥龍先生回來了，劉備立即讓人備馬。張飛說：「諸葛亮不過是個村夫，哥哥何必親自前往？派人叫他過來便是。」劉備不高興地說：「孔明是天下大賢，我們應當親自拜見，怎能隨便將人叫來呢？」

時值隆冬，北風呼嘯，下著鵝毛大雪。張飛勸劉備等雪停了再走，劉備說：「頂著大雪前去，正是想讓孔明知道我的誠意呀！」三人來到草房，見一個青年正在讀書。劉備大喜，忙上前施禮道：「今天我總算是見到先生了！」那青年急忙還禮道：「我是臥龍之弟諸葛均，不是將軍要找的人。愚兄弟三人，長兄諸葛瑾現為孫權幕賓，孔明乃二家兄，正出外閒遊。」劉備失望地告辭了。

劉備回到新野，光陰荏苒，已是新春時節，遂令人卜卦，選擇良辰吉日，齋戒三日，薰沐更衣，才前去拜謁孔明。

來到茅廬，童子說：「先生正在睡覺呢！」劉備說：「別叫醒他，我等他一會兒。」於是悄悄進院，在臺階下等。張飛在門外不見動靜，大怒道：「這先生也太傲慢了！見哥哥在臺階下站著，竟然睡得這麼沉，哼！我去屋後放一把火，看他起來不起來！」關羽苦苦勸住張飛。劉備擺擺手，讓他們耐心等候。

又過一個時辰，孔明終於起床，聽說劉備在門外等著，便換好衣服來迎接。劉備見孔明身長八尺、面如冠玉、頭戴綸巾、身披鶴氅，飄飄然有神仙之態。兩人互相施禮後，開始談論天下大勢。

劉備說：「我有意復興漢室，怎奈能力不足，屢屢兵敗失城，懇請先生指點。」

諸葛亮分析道：「自從董卓亂政，天下豪傑並起。曹操滅了袁紹，如今擁兵百萬，且挾天子以令諸侯，將軍不可與他爭鋒。江東的孫權，立足三世，且有長江作為屏障，地勢險要，可結為外援，不可與他為敵。將軍可以先取荊州為本，之後出兵取益州，建立基業，屆時天下將成三國鼎足之勢。之後，內修軍政、外剿南蠻，待時勢有變，便可率大軍，攻伐許昌，剿滅曹操。」

劉備聽後說：「荊州、益州的守將，皆為漢室後裔，我怎能取同宗基業？」

孔明說：「我夜觀天象，荊州劉表不久後會病死，益州守將昏昧無能，將來這兩個地方都是屬於將軍的。」

劉備聽了諸葛亮的話，頓時茅塞頓開，有如撥雲見日，非常佩服，於是再三拜請諸葛亮：「我名微德薄，先生如若不棄，敬請出山相助。」

諸葛亮本想拒絕，但見劉備如此誠心，便欣然答應：「蒙將軍不棄，亮願效犬馬之勞！」

# 【魏、蜀、吳】

# 第四章　如魚得水——獻計

孔明來到新野，劉備待他如師，日夜談論天下大事。孔明聽說曹操正在訓練水軍，準備進軍南方，讓劉備派人到江東探聽消息。同時，孫權為報父仇，與兵攻打荊州境內的江夏，江夏守將兵敗被殺。劉表急忙請劉備到荊州商議對敵之策。

劉表說：「我年老多病，請賢弟在此助我。我死後，賢弟可自為荊州之主。」劉備本想推辭，卻見孔明向他使了眼色，便改口說：「此事日後再議吧！」

回到館舍，孔明問：「劉表要把荊州讓給主公，主公為何推辭呢？」劉備說：「劉表待我不薄，我怎能趁人之危？」孔明嘆氣道：「主公太仁慈了！」

這時，劉表長子劉琦哭著來找劉備，說繼母圖謀不軌，想要謀害他，求劉備相救。劉備讓他求計於孔明，孔明以春秋時期晉國公子的故事為例，告訴劉琦，既然留在荊州會危及性命，那不如主動要

求離開。如今江夏空虛，可要求帶兵駐守，方可保全自己。劉琦聽後大喜。隔天，劉琦依言請求率兵駐守江夏，劉表答應了。

劉備自從得到孔明後，以師禮待之，關羽、張飛不悅地說：「孔明太過年輕，說他是乳臭未乾也不為過，也不曾看見他有什麼真本事！」

劉備說：「我得到孔明後，日日受教，如魚得水，二弟、三弟勿再多言。」關羽、張飛聽後，不發一語地離開。

孔明為防曹操攻打，招募民兵日夜操練。不久，曹操果然派大將夏侯惇引兵十萬，殺向新野。劉備得報，急忙找眾人商量。

張飛說：「大哥為何不採水戰，叫他水淹三軍呢？」

劉備說：「出謀劃策有賴孔明，領兵打仗需靠二弟、三弟。」等關、張二將出去後，劉備請孔明指揮軍隊作戰，孔明卻說：「恐怕關羽、張飛二位將軍不服我的調度，主公若要我指揮，請將劍印借我。」劉備同意。隨後，孔明傳眾將到大堂聽令。張飛對關羽說：「我們且去聽他胡說什麼吧！」

眾將到齊後，孔明說：「關平帶五百兵，預備引火之物，在兩邊等候，夜裡敵兵到達，便可放火。雲長帶一千兵到豫山埋伏，曹軍到時，放他們過去，其糧草必在隊伍後方，等南面火起，可縱兵焚敵糧草。張飛帶一千兵去安林埋伏，看南面火起，亦可出擊。趙雲率兵為前鋒，交戰時，只許敗，不許勝。主公引一隊人馬為後援。大家依計行事，不得有誤！」

關羽問道：「請問軍師，大家都出去迎敵，不知你要做什麼？」

孔明說：「我把守城關。」

張飛哈哈大笑：「我們都去廝殺，軍師卻在家坐著，好自在啊！」

孔明說：「劍印在此，違令者斬！」

劉備也說：「運籌帷幄之中，決勝千里之外，二位賢弟不可違令。」張飛冷笑而去。其餘諸將也未知孔明韜略，都感疑惑不定。

不久，夏侯惇帶領大軍殺到，大家依照孔明事先安排好的計劃行事，結果曹軍大敗，夏侯惇只得收拾殘兵回許昌。關羽、張飛自此對孔明心服口服，同聲道：「孔明真是料敵如神啊！」

曹操見夏侯惇敗回，親自統領五十萬大軍，攻向荊州。這時劉表病重，他急忙找來劉備，要他輔佐劉琦駐守荊州。蔡氏得知大怒，又讓蔡瑁於城外把守，不讓劉琦回到荊州。劉琦大哭一場，只得回到江夏；劉表見不到劉琦，大叫數聲而死。

劉表死後，蔡氏、蔡瑁假造遺書，令幼子劉琮繼任，實則由蔡瑁掌握荊州大權。曹操大軍一到荊州，蔡瑁等人便指使劉琮投降。劉備見新野難以拒敵，便安排百姓到樊城暫避。為了讓劉備能安全退往樊城，孔明就留在新野設計破敵。

此時，曹仁、曹洪帶兵往新野殺來。到了新野，只見城池四門大開，竟是座空城。他們以為劉備害怕逃走，不以為意，當晚就在新野駐紮。夜裡，狂風大作，軍士報告說城中起火。曹仁以為是士兵做飯不小心著了火，也沒在意。哪知不久，城中到處是火。曹軍只顧逃命，自相踐踏。趙雲等人又現身追殺，曹軍死者無數。

亂軍逃出東門，來到一條河邊，河水不深，都爭著下水逃命。渡河途中，忽見上游水勢滔天，往下游沖來，許多士兵都淹死在河裡。原來是關羽在上游攔河放水。曹仁只好集結敗軍，重新在新野駐紮，等曹操前來。

劉備怕曹操大軍追來，樊城難以據守，便依照孔明之計，放棄樊城，帶著百姓往襄陽*避難。到了襄陽，蔡瑁不讓劉備進城，還讓軍士亂箭射下，城外百姓哭聲一片。劉備只得命關羽到江夏向劉琦求救，命趙雲保護家眷，由張飛斷後；其餘人帶著百姓慢慢朝江夏前進。（*註：襄陽為荊州的城池。）

曹操聽聞劉備帶著百姓，想必無法走太遠，於是親自挑選五千騎兵，星夜追趕。劉備見曹軍追來，又不見前去找劉琦求援的關羽回來，便請孔明親自前往江夏求救，自己則慌忙迎戰。

危急之際，張飛衝殺過來，護著劉備逃走，直到第二天天亮，才甩掉追兵。這時，劉備身旁只剩下一百多人馬，而他的家眷、趙雲和其他將領皆不知下落。劉備大哭道：「這些百姓因為不願意離開我，才遭遇這場磨難。眾位將軍和我的家眷現在下落不明，這怎麼不讓人難過呢？」忽然，部將糜芳前來報告：「趙雲向曹操投降了！」

張飛聽後大怒：「他一定是看敵軍實力強大、貪圖榮華富貴才會投降。待我親自去找他，讓他一槍斃命！」

劉備忙說：「子龍*與我是患難之交，不會背叛我的。」張飛哪裡肯聽，帶二十餘人到了長坂橋。（*註：趙雲，字子龍。）

張飛見橋東一帶樹林茂密，心生一計：讓手下騎兵砍下樹枝綁在馬尾，來回奔跑，揚起塵土。自己橫矛立馬於長坂橋上，向西張望。

而趙雲拼殺一夜，卻與劉備的家眷分散，只能在亂軍中苦苦地反覆搜索。不久，趙雲終於從亂軍中找到甘夫人，便讓士兵先護送她去見劉備，自己繼續尋找糜夫人和阿斗的下落。

找了一陣，趙雲才在一面土牆下找到糜夫人和阿斗。趙雲請糜夫人上馬，糜夫人說：「將軍打仗怎麼能沒有馬？不要管我，快抱阿斗走吧！」曹軍喊殺聲愈來愈近，糜夫人將阿斗放在地上，自己跳進身旁的枯井。趙雲怕曹軍盜走夫人的遺體，便推倒土牆，埋了糜夫人。他將阿斗縛在懷中，持槍上馬，繼續廝殺。

不一會兒，曹操的大將張郃（ㄏㄜˊ）攔住去路。趙雲不敢戀戰，奪路而走。曹軍四員大將圍上來，趙雲拔出寶劍亂砍，殺退眾將。

曹操在山頂見一戰將在軍中所向披靡，忙問此將是誰。曹洪騎馬下山大叫：「軍中戰將留下姓名！」

趙雲應聲答道：「我乃常山趙子龍！」

曹操說：「真是一員虎將啊！傳令下去，不許放箭，務必生擒！」曹軍將士得令，一心想活捉趙雲。趙雲左衝右闖，最後成功突圍。

趙雲殺出重圍後，往長坂橋走。只聽後面喊聲震天，原來曹軍已經

拍馬趕到。趙雲到了橋邊，人困馬乏，見張飛手持長矛立在橋上，連忙大叫：「翼德救我！」這時，張飛早已見過甘夫人，得知趙雲並未投敵，便說：「子龍快走，我來擋住追兵！」

趙雲見了劉備，下馬痛哭，告知糜夫人死訊，劉備亦大哭。趙雲解開包袱，見阿斗睡得正香，便高興地說：「還好公子沒事！」劉備接過阿斗，拋在地上，罵道：「為了這個孩子，差點害我損失一員大將！」

卻說曹軍追到長坂橋，只見張飛騎著馬，停在橋上；又見橋東樹林內塵土飛揚，怕有伏兵，便不敢往前行走。不久，曹操大隊人馬也到了。張飛大喝一聲：「燕人張翼德在此！誰敢決一死戰！」聲如巨雷。曹軍聽了，不少人嚇得雙腿發抖。

曹操說：「我以前聽雲長說，他三弟翼德在百萬軍中取上將首級，如探囊取物。今日遇到，不能輕敵。」

張飛見曹軍按兵不動，又高聲叫道：「燕人張翼德在此！誰敢決一死戰！」

曹操見張飛氣勢如虹，便想退兵。張飛見曹軍陣腳移動，又喝道：「戰又不戰，退又不退，卻是為何！」喊聲沒停，只見曹操身邊將士嚇得肝膽碎裂，墜馬倒下。曹兵一驚之下，像決堤河水似地湧散。

曹操見了，驚慌失措，立刻就逃。張飛見已嚇退曹軍，便讓士兵解去馬尾樹枝，拆斷橋，來見劉備。劉備知道後說：「三弟，你不該拆橋的，曹操生性多疑，他回來見橋被拆，便會知道我軍沒有伏兵，而是疑兵，肯定會派人來追。」

果然，待曹操安定心神，回頭看見長坂橋被拆，便重新帶兵追來。眼看就要追上，山坡後忽然出現一隊兵馬，為首的大將關羽大叫道：「我已在此等候多時！」

曹操以為中了孔明之計，便急忙回兵。關羽追趕十餘里，便回軍保護劉備。不久，劉琦也和孔明帶著水軍前來接應，劉備便與孔明跟著劉琦到江夏。

曹操回到軍營後對眾人說：「劉備現在還不足為慮，但是若與江東孫權聯手，那就麻煩了！」於是令謀士寫了勸降書給孫權，想讓他們望風歸降。

劉備和孔明、劉琦共議對付曹操之策，孔明斷言江東必會派遣使者前來打探消息，說：「我親至江東，憑三寸不爛之舌，鼓動曹操和孫權互相爭鬥，我等可從中取利。」話才說完，突然得報：江東謀臣魯肅來為劉表吊喪。孔明笑著說：「魯肅前來吊喪是假，探聽曹軍的動向是真。」

魯肅先與劉備、劉琦見禮，果然就問曹軍虛實。劉備說：「一問孔明，便可知曉。」魯肅便去問孔明，孔明說：「曹操詭計，我已盡知。可惜我們力量不足，暫時難以與他一決勝負。」

魯肅說：「孫氏雄踞江東多時，兵精糧足，主公孫權禮賢下士，將軍為何不派心腹前往江東，說服他與你們聯手抗曹呢？」孔明聽後毛遂自薦，劉備假意不肯讓孔明去，魯肅再三相請，他便答應了。

到了江東，魯肅告誡孔明，不可在孫權面前提及曹操兵多將廣之事，孔明答應。魯肅先去面見孫權，此時曹操的勸降書早已送達，張昭為首的謀士皆主張「投降為萬安之策」，只有魯肅正色道：「江東文武人人都可降，唯獨主公不能降。我們投降後或還可做個小官，但若是主公投降，曹操會如何處置呢？」

孫權聽後說道：「子敬*之言一針見血啊！只是曹操勢大，我們恐怕難以匹敵。」魯肅說：「我已將劉備的軍師諸葛亮請來，主公明日召見他，可向其詢問，便知曹軍虛實。」（*註：魯肅，字子敬。）

第二天，魯肅先帶著孔明來見東吳一眾謀士，張昭料想孔明必是來勸孫權與劉備聯手對抗曹操，便想為難他。張昭說：「劉皇叔三顧茅廬，請來先生，如今荊州卻落入曹操手裡，不知是為何？」

孔明想張昭是孫權手下第一謀士，若不先難倒他，恐怕就說不動孫權，便說：「我取荊州，易如反掌。只是劉皇叔是仁義之主，不忍心搶同宗基業。而劉表的兒子劉琮，聽信小人讒言，暗自投降，才讓曹操竊得荊州。」

張昭又說：「聽說先生自比春秋時期的管仲、樂毅。管仲幫助齊桓公，在諸侯中稱霸，而樂毅則幫助弱小的燕國，在諸侯中立足。可是，劉皇叔得了先生，卻一敗再敗，無地容身。先生真的比得上管、樂嗎？」

孔明笑著說：「劉皇叔昔日兵不足千，將領只有關、張、趙；然而先前長坂橋一戰，卻能大敗曹軍。我想就算管、樂帶兵打仗，也不會有如此輝煌的戰績吧！再說劉皇叔在危難之際，沒有放棄百姓，這便是大仁大義啊！敗於曹操，是寡不敵眾之故。勝敗乃兵家常事，當年韓信輔佐漢高祖時，也並非百戰百勝。而時下有人，聽說曹操帶百萬大軍來犯，不問虛實就想投降，像這種平日誇誇其談的人，如果說沽名釣譽，他們無人能及，但是面對大敵，出謀劃策，他們卻百無一能，像這樣的人才真的會被天下人恥笑呢！」張昭無言以對。

座中忽然有一人高聲問道：「如今曹操擁兵百萬，眼看就將吞併江夏，先生如何應付？」孔明一看，乃是謀士虞翻，便說：「曹操收袁紹、劉表烏合之眾，雖號稱百萬大軍，但也不足為懼。」

虞翻冷笑道：「貴軍兵敗計窮，想求救於我軍，還說不怕，真是大言不慚。」

孔明說：「劉皇叔憑數千仁義之師，如何能敵百萬殘暴之眾？現如今退守江夏是為了等待時機。可是江東兵精糧足，又有長江作為屏障，卻有一群風雅之士苦口婆心地勸其主屈膝投降，不顧天下恥笑。這麼說來，劉皇叔也算得上最不怕曹操的了！」虞翻無言以對。

突然，又有一人站起身問道：「孔明，你想效仿蘇秦、張儀以三寸不爛之舌，遊說東吳和你家主公聯手抗曹嗎？」

孔明一看，原來是謀士步騭（ㄓˋ），接著回答道：「你只知蘇秦、張儀是說客，卻不知他們是真豪傑。蘇秦在六國合縱期間擔任宰相，張儀也兩度出任秦國宰相，皆有經國濟世之才，絕非恃強凌弱之徒。可是，時下有人一看到曹操的勸降書，就要俯首稱臣，像這樣的人還敢嘲笑蘇秦、張儀嗎？」步騭聽後，默默無語。

接著，東吳謀士薛綜問道：「孔明，你認為曹操是怎樣的人？」孔明毫不猶豫地說：「曹操是漢賊，人盡皆知。」可是，薛綜卻說：「孔明此言差矣！漢朝傳世四百年，天數已盡，如今曹操坐擁半壁天下，大家望風歸降。可是，劉備不識時務，與曹操爭鋒，猶如以卵擊石，怎能不敗呢？」

孔明嚴肅地駁斥道：「先生怎能說出這種無君、無父的言論？身為漢臣，若見有人圖謀篡逆，應當高舉王旗，剿滅叛賊。如今，曹操懷有篡逆之心，人神共憤。你竟說漢朝天數已盡，如此看來你真是無君、無父之人！」薛綜聽後，呆若木雞，說不出話來。主張投降的文官被諸葛亮駁得理屈辭窮。

正在此時，東吳大將黃蓋闖進大廳，大聲說：「曹操大軍已經逼近，大家不想辦法對付敵人，卻只管在這裡鬥嘴！」又對孔明說：「先生是當世奇才，為什麼不去對我們主公談論您的高見呢？」

魯肅、黃蓋拉了諸葛亮，一同去見孫權。孔明到了堂上，見孫權舉棋不定，便打算使激將法促孫權下定決心。孫權問：「曹兵共有多少？」孔明說：「約有一百餘萬。」孫權又問：「曹操部下戰將有多少？」孔明說：「約有一、二千人。」

孫權說：「曹操想要併吞江東，戰還是不戰，還請先生為我出出主意。」孔明說：「我看曹操勢大，請將軍評估自身實力，如果不能迎戰，不如就投降吧！」孫權問：「那麼，你主公劉皇叔為何不降呢？」孔明說：「劉皇叔英才蓋世，怎能投降？」孫權聽了，勃然大怒，起身退入後堂。

魯肅責備孔明說：「先生太看不起我們主公了！」孔明說：「我早有擊敗曹操的方法，可惜將軍不問，憋得我好不難受！」魯肅聽了，趕緊進去告訴孫權。

孫權忙將孔明請入後堂。孔明先謝罪，後對孫權說：「曹操人馬雖多，但長途遠征，已是強弩之末，再加上北方士兵不擅水戰。荊州人投靠曹操，也只是迫不得已。將軍如果能與劉皇叔同心協力，憑兩家精兵強將，一定能擊退曹操。」孫權聽了，十分高興。

張昭等人聽說孫權要起兵抗曹，忙來勸阻。孫權決斷不下，便讓人去請周瑜。周瑜原在鄱陽湖訓練水軍，聽說曹操大軍將到，兼程趕回。魯肅將事情經過簡略地說了一遍，周瑜聽完，讓他去請孔明來。

魯肅剛走，張昭等文官就來了，他們想讓周瑜勸孫權投降，周瑜滿口答應。不一會兒，黃蓋等一群武將來見周瑜，都說寧死不降。周瑜也說正想與曹操決戰。

不久，魯肅帶孔明前來。周瑜卻說：「如果出戰曹操必然大敗，投降的話才可保境安民。明天見了主公，我會勸他及早歸降。」周瑜和魯肅展開激烈爭辯，而一旁的孔明只是冷笑。

周瑜看見後，便問孔明：「為何冷笑？」

孔明說：「我不笑別人，我笑魯肅不識時務，將軍主張投降，合情合理！」魯肅聽後非常生氣，他怪孔明出爾反爾，但是孔明卻不以為然。

突然，孔明對周瑜說：「我想到一條妙計，不費一兵一卒，可保江東平安。將軍只要用一艘小船，送兩個人給曹操，他就會立刻退兵。」

周瑜忙問：「是怎樣的兩個人？」

孔明說：「眾人皆知曹操為好色之徒，又聽說江東有兩位絕世美女，一位叫大喬，一位叫小喬。將軍只要將二人獻出，曹操得到這兩個人後，必會退兵。」

周瑜一聽，大怒道：「曹操欺人太甚了！」

孔明假裝吃驚地問：「將軍為何為兩名女子動怒？昔日漢天子曾派公主嫁給匈奴首領單于和親，大喬小喬只是民女，對於這兩位美人，又有什麼捨不得？」

周瑜說：「先生你可知道，那大喬是先主孫策的妻子，小喬便是我的妻子。我誓與曹賊勢不兩立、不共戴天，請孔明助我一臂之力，一起擊潰曹賊！」孔明立刻答應。

# 第五章　火燒赤壁──謀略

第二天，孫權升堂。周瑜說：「曹操名雖漢相，實乃漢賊。江東兵精糧足，主公英明神武，我們應剿滅惡賊，豈能投降？主公，只要給我幾萬人馬，我定可戰勝曹軍！」孫權聽了振奮不已，拔出佩劍，一劍砍下長桌一角，說：「今後有誰敢提投降的事，我定斬不饒！」說完，把劍賜給周瑜，當場封周瑜為大都督。

周瑜回到住處，請孔明共議破曹之策。孔明說：「孫權見曹兵多，怕寡不敵眾，因此無法下定決心。將軍能以軍數開解，讓你家主公心中無疑，然後大事可成。」

周瑜當晚又去見孫權，說：「曹軍號稱百萬，其實中原兵將，不過十五、六萬，而且都已疲憊不堪；曹操所收袁紹舊部，只有七、八萬，又並未完全心服。因此，數量雖多，卻不足為懼。我只要五萬兵馬，便可戰勝敵人。」孫權一聽，果然如釋重負。

周瑜離開時，心裡暗想：「孔明的謀略略高一籌，竟然能洞悉主公的想法，日後必為江東之患，不如除之。」於是連夜請魯肅前來商議，但是魯肅反對，他建議請孔明的哥哥諸葛瑾勸其歸順東吳。諸葛瑾得令後，立刻去找孔明，但被孔明拒絕。諸葛瑾將結果回覆後，周瑜更加決意要除掉此心腹之患。

之後，周瑜調遣兵馬到三江口附近紮營，等一切安排妥當後，周瑜請孔明到軍營議事。周瑜問道：「當初袁紹有七十萬大軍，而曹操僅有數萬人，先生必知曹操以少勝多的關鍵皆因他夜襲袁軍糧草大營。如今敵眾我寡，想請先生帶領關羽、張飛、趙雲去夜襲曹操的糧草大營。」

孔明心知周瑜是想藉曹操之手

殺掉自己，但軍令難違，所以只好答應。孔明走後，周瑜高興地告訴魯肅，孔明必死。魯肅擔心孔明不知周瑜另有所圖，便去告誡孔明。魯肅一見到孔明就問他：「夜襲曹操能否成功？」

孔明說：「不論戰場是在水上或陸上，不論白天亦或晚上，我孔明樣樣精通。但你聽說過江南的兒歌嗎？『伏路把關饒子敬，臨江水戰有周郎』由此可見，周瑜雖善水戰，但其他戰法他恐怕並不擅長！」接著說：「曹操平生用兵，最喜斷人糧道。因此，他自己的糧草絕對是重兵布防，派誰出戰都會大敗而回。周瑜令我夜襲曹操糧草大營，就是想借刀殺人，如今我主公和江東聯手抗曹，理當同心同德，不可互相猜忌，不然兩家遲早會被曹操所滅。」

魯肅回去把孔明的話告訴周瑜。周瑜生氣地說：「此人見識勝我十倍，我非除掉他不可，否則他以後必是我們的心腹大患！」魯肅卻勸說：「此時正值用人之際，等戰勝曹操之後再說吧！」周瑜答應了。

幾天後，曹操水軍與東吳戰船在三江口相遇，因不習水戰而大敗。曹軍回營後，曹操便讓蔡瑁等人加緊訓練水軍。周瑜一面向孫權報捷，一面偵察曹軍動向。

周瑜親自去看曹操水寨，見大小船隻互相呼應，陣勢嚴整靈活，忙問：「水軍將領是誰？」身旁的人答道：「是蔡瑁、張允。」周瑜心想，此二人精通水戰，我們恐怕難有勝算，便暗自設計，想除掉二人。

再說曹操輸了一仗，便召集眾將，商議破敵之計。這時，謀士蔣幹說：「我與周瑜從小同窗讀書，交情不錯。我願意到江東勸他來降。」曹操大喜，派他到江東說服周瑜。

周瑜正在帳中討論軍情，忽然有人通報：一位名叫蔣幹的故人來訪。周瑜猜測定是曹操派說客前來勸降，他指揮眾將後，便出去迎接蔣幹。周瑜迎蔣幹入大寨，一陣寒暄過後，擺下宴席，讓文武官員都來與蔣幹相見。

不一會兒，文官武將都到帳中。周瑜說：「子翼*是我同窗好友，雖然從江北來，卻不是曹操的說客。今日喝酒，只敘朋友交情，不提軍旅之事。」（＊註：蔣幹，字子翼。）

喝到半醉時，周瑜拉著蔣幹的手走出帳外，問：「我的軍陣，還算雄壯吧？」蔣幹趕緊說是。周瑜又讓他看糧倉，問：「我的糧草，還算充足吧？」蔣幹忙答道：「兵精糧足，名不虛傳。」周瑜又帶他回到帳中，指著眾人說：「這些人都是江東才俊。今日宴會，可稱得上是『群英會』了！」

那晚，周瑜喝得酩酊大醉，拉著蔣幹的手說：「今晚子翼就與我同榻而眠吧！」但蔣幹哪裡睡得著，到了清晨，他見周瑜還在熟睡，便悄悄下床，去偷看桌上文書。

蔣幹看到一封信上寫著「蔡瑁、張允謹封」幾個字，大吃一驚，偷偷將信打開。信上，蔡、張兩人說要找機會殺了曹操；蔣幹自以為得到機密，將信藏在身上後，便回榻上裝睡。

天快亮時，有人進入周瑜的軍帳將他叫醒，在帳外悄悄地對周瑜說：「蔡、張二位都督說，曹賊防備森嚴，一時難以下手……」後面的話聲量太低，聽不清說話的內容。天亮後，蔣

幹見周瑜還在睡，便偷偷溜出營帳，回到曹營。

蔣幹見了曹操，拿出那封信，又把聽到的話重複一遍。曹操大怒，立即下令將蔡瑁、張允斬首。等到看見二人的下場，曹操卻幡然醒悟，心中暗自後悔，知道自己中了周瑜的反間計。

周瑜得知曹操殺了蔡、張二人，便對魯肅說：「此計不知能否瞞過孔明，我想勞子敬前去打探。」

孔明見到魯肅，馬上向他賀喜。魯肅問：「喜從何來？」孔明說：「周瑜用反間計殺了蔡瑁、張允，此計只能騙過蔣幹，曹操雖然一時不察，但之後也會察覺。我還聽說曹操讓兩位不習水軍戰法的將軍統領水軍，看來曹操水軍，必會斷送在他們手裡。」孔明也請魯肅回去之後，不要告訴周瑜自己已經識破反間計，以免讓周瑜嫉妒。可是魯肅卻照實說了，周瑜驚道：「此人決不可留！」

魯肅說：「殺了孔明，恐會被曹操恥笑。」

周瑜說：「我自有妙計能讓他死而無怨。」

隔天，周瑜請孔明議事。周瑜說：「我們不久後就要和曹軍交戰了，於水上交鋒，什麼兵器最好？」孔明說：「當然是弓箭。」

周瑜說：「我也是這樣想。可是如今軍中正缺箭矢，想請先生監造十萬支箭。」

孔明說：「不知道這十萬支箭何時要用？」

周瑜問：「十天可造得好？」

孔明說：「曹軍不久就要攻來，如果要十天，恐怕會耽誤戰機。我只需三天便可交出十萬支箭。」

周瑜說：「軍中無戲言！」孔明便立了軍令狀：三日造不完，甘當重罰。

不久，魯肅來見孔明，孔明說：「我曾告訴你，不要告訴周瑜我識破反間計，無奈你還是回去告訴了他，現在惹出事端來了，三天要怎麼造好十萬支箭？子敬，你可得救救我！」

魯肅說：「我哪有什麼辦法救你呢？」

孔明說：「請你借我二十艘船，每艘船上各有三十位軍士。船上都用布遮好，兩邊各放一千捆稻草，我自有妙用。三天之後一定會有十萬支箭。」

魯肅照孔明的吩咐撥了船隻。第一天，見孔明沒有動靜；第二天，依然沒有動靜。直到第三天，孔明悄悄請來魯肅，說要去取箭。

魯肅疑惑地問：「到哪裡去取呀？」

孔明說：「你待會就知道了。」

這天，長江上大霧彌漫。孔明命令將船往北岸駛去。靠近曹軍水寨時，孔明讓所有的船一字擺開，然後擂鼓吶喊。

魯肅驚訝地問道：「如果曹軍出來，該如何是好？」

孔明說：「子敬放心，霧這麼大，曹軍不敢出來。我們只管喝酒，霧散了就回去。」曹操聽到擂鼓吶喊聲，下令調一萬多名弓弩手到江邊，向江中的船放箭。頓時箭如雨下，過了一會兒，孔明吩咐將船掉頭，用另一面擋箭。等霧氣散去，孔明便命人將船駛回，每捆稻草上都插滿了箭。到了岸邊，孔明讓周瑜派來的士兵從船上取箭，足足十萬支有餘。

魯肅不解地問道：「你怎麼知道今天會有大霧？」

孔明說：「為將而不懂天文、不識地理、不曉陣勢，只能算是庸才，我早料定今天會起大霧，因此才敢跟周瑜許諾三天的時間。」

魯肅說了借箭之事，周瑜嘆道：「孔明神機妙算，我不如他！」

接著，周瑜來見孔明，周瑜說：「先生神算，讓人佩服。我思得一進攻之計，要向先生請教。」孔明讓他先別說出，取來筆硯，兩人都在手心寫字。寫完後互相觀看，對視而笑，原來都是個「火」字。

曹操損失十幾萬支箭，十分氣悶。身旁謀士獻計派人詐降，曹操便叫蔡瑁的兩位弟弟去東吳做內應。周瑜見兩人來降，心中明白是曹操的計謀，卻假裝對他們非常信任。

夜裡，黃蓋悄悄來見周瑜，獻上一計。第二天，周瑜召集眾將討論軍情時，黃蓋非但反對周瑜的策略，還揚言要投降，周瑜大怒，要斬黃蓋。黃蓋仍舊倚老賣老，大罵不止。周瑜更加生氣，下令馬上殺他，這時眾將紛紛跪下為黃蓋求情，周瑜這才改罰重打一百軍棍，把黃蓋打得皮開肉綻。

當晚，大家都來探視黃蓋。參謀闞（ㄎㄢˋ）澤來看他時，黃蓋讓身旁的侍衛出去，告訴他這是個苦肉計，並要求他幫忙送一封詐降信給曹操。

曹操看過信後，心中仍是將信將疑，但見闞澤神態自若，不像有假，又恰好接到內應的密報，這才相信黃蓋有心投誠。信中告知：只要看到船前插著青龍旗的戰船，那便是黃蓋。曹操仍怕此事有詐，想派人往江東打探，而蔣幹想要將功補過，便自告奮勇。

周瑜接到消息，趕忙派人請龐統前來商議。龐統，人稱「鳳雛」，與孔明齊名，此時正在東吳，他曾向魯肅獻議可用「連環計」火燒曹軍。於是，周瑜吩咐龐統用計，最後才讓人去請蔣幹晉見，周瑜見到蔣幹，先是責備他私下盜信，也不容蔣幹開口，便讓人送往西山庵中歇息。

蔣幹在庵中，心中煩悶，忽然聽見山中有讀書聲，便前去尋找。只見山裡的一間小茅屋中，一人正在誦讀兵書。蔣幹叩門求見，交談之下，才知此人便是鳳雛。蔣幹想將他引見給曹操，於是，二人便連夜乘船到了曹營。

曹操聽說鳳雛前來，親自出迎。他與龐統談論兵法，龐統對答如流，曹操非常佩服。龐統說：「丞相訓練水軍之法雖然不錯，可惜不夠周全。大江之中，潮起潮落，風浪不停。北方士兵不習水戰，容易暈船嘔吐。如能將大船、小船用鐵環連鎖，三、五十艘戰船為一排，上面鋪上木板，不但人不怕風

浪，馬也可走。」

曹操聽後大喜，即刻傳令打造鐵環。軍士聽說後個個喜出望外。不久，曹軍大小船隻都連鎖、停妥。曹操見人在船上行走如履平地，心中大喜。但是謀士程昱卻說：「船都連鎖，固然平穩。但對方如用火攻，就無路可逃了，不可不防啊！」

曹操笑著說：「但凡想要火攻，必須借助風力。我們在西北，對方在南岸。如今寒冬季節北風呼嘯，哪來東南風？如用火攻，他們豈不是燒了自己？」諸將伏拜道：「丞相高見，眾人不及。」

此時，周瑜在南岸觀看曹軍水寨，忽然狂風大作，他猛地想起一事，大叫一聲，口吐鮮血，不省人事。眾將忙求軍醫調治。魯肅見周瑜臥病，心中憂悶，來見孔明。孔明說：「周瑜之病，我可以醫治。」魯肅急忙請孔明同去探病。孔明要了紙筆，寫下十六個

字：「欲破曹公，宜用火攻；萬事俱備，只欠東風。」

周瑜問道：「你既知道病因，可有藥醫治嗎？」

孔明說：「先前我有幸認識一位奇人，傳授我奇門遁甲之術，施起法來，呼風喚雨，將軍可命人建造一座七星壇。我在臺上作法，向老天借三天三夜的東南風，助將軍破敵，如何？」周瑜大喜，病也好了。

接著，周瑜召集眾將，吩咐只等東南風起，便可出兵；又讓人請孫權派兵接應。黃蓋準備了二十艘戰船，只等號令。夜晚將近凌晨時分，果然吹起東南風。周瑜大驚失色：「孔明如此神通，若是留下，將來必會危害江東！」便暗自派人去殺孔明，不過，此時孔明早已離去。

孔明一回江夏便開始調度兵馬，準備作戰。所有人皆獲得分派，唯獨關羽一人沒有差事。關羽按捺不住，高聲說道：「我隨主公征戰多年，大小戰事未曾落後。今日遭逢大敵，軍師為何不用我！」

孔明笑著說：「曹操敗退，必走華容道。本想讓將軍把守，但是怕將軍惦記曹操昔日恩情，對他手下留情，所以不敢派你前去。」

關羽說：「曹操雖然對我恩重，但我斬顏良、誅文醜，早已報答他。今日遇見，豈敢以私廢公！軍師不必多心。」

孔明問道：「若將軍私下放了曹操，又該怎樣處置？」

關羽聽後，當即立下軍令狀，發誓生擒曹操，孔明這才讓他去把守。關羽走後，劉備仍心存疑慮，說道：「關羽平常最講義氣，曹操若真的走華容道，只怕他會放過曹操啊！」

孔明笑著說：「我夜觀天象，這場戰役，曹操命不該絕，就把這份人情讓給關羽，亦是美談。」

劉備道：「先生神算，世所罕及。」

卻說曹操在帳中，忽報有人送來密信，信中說，黃蓋將於今夜駕糧船來降。曹操大喜，便到大船上，等黃蓋前來。

到了黃昏，周瑜令黃蓋乘船出發。此時吹著東南大風，黃蓋順著風勢開船，往赤壁的方向駛去。

曹軍士兵看見南邊東吳的水寨，有船隻前來，急忙報告曹操。曹操登高一望，見船上都插著青龍旗，還寫著「黃」字，笑著說：「果然是黃蓋的船，真是天助我也。」謀士程昱觀察了一會，對曹操說：「來船很可疑，若是滿載糧草的船，船身必定穩重，可是這艘來船卻十分輕盈。今夜又吹起東南風，不可不防。」

曹操這才醒悟，急忙命人去阻攔，但是為時已晚。只見黃蓋大刀一揮，所有戰船一齊點火，二十艘火船，撞入水寨，曹軍船隻全數著火。而大小船隻皆被鐵環鎖住，根本無法逃生。

吳軍趁亂焚燒曹操岸上的糧草，頓時，水上、岸上皆被大火吞噬。曹操帶領部將在火陣中，左衝右突，最後才成功脫身，往烏林的方向逃生。

曹操逃到烏林後，看見樹木叢雜，山川險峻，荒無人煙，曹操仰面大笑不止。眾將忙問：「丞相為何大笑？」曹操說：「我不笑別人，就笑周瑜無謀、孔明沒有智慧。若是我分派兵馬，一定會在這裡設下埋伏。」

話未說完，趙雲突然率領一支軍隊殺出，大叫：「趙子龍奉軍師之命，已經等候丞相多時！」曹操急忙命人阻擋趙雲，自己則繼續逃跑。

不久，到了葫蘆口，曹軍人困馬乏。曹操坐在樹林之下，又突然大笑。眾人問道：「丞相剛才大笑，結果引出趙雲，現在又為何笑？」

曹操說：「我依然笑周瑜和諸葛亮智謀不足。此處地勢險要，若是由我排兵布陣，肯定會在這裡設伏，以逸待勞。」

話音未落，突然火煙四起，張飛橫矛立馬，大叫：「曹賊哪裡逃？」許褚、張遼縱馬夾攻，阻擋張飛，兩邊兵馬混戰一團，曹操則乘亂脫身，繼續逃命。半路上，軍士稟報：「前面有兩條路，請問丞相要走哪一條？」

曹操問道：「哪條路近？」

軍士答道：「大路平緩，卻比較遠；小路較近，卻崎嶇難行。」曹操命人上山觀望，回報：「小路山邊有幾處煙火；大路並無動靜。」

曹操說：「兵書上常言『虛則實之，實則虛之』，諸葛亮足智多謀，他一定是故意讓人在小路放煙，使我軍不敢走這條山路，然後再於大路設伏。但是我偏不中他計！」於是，下令大軍走上華容道的小路。

走著走著，曹操又在馬上大笑不止：「世人都說周瑜、諸葛亮足智多謀，依我看都是沒有才幹的人。若在此處設下伏兵，我們就無路可逃了！」話未說完，一聲炮響，關羽帶兵殺出，截住曹軍去路。

曹操見狀，說：「到這地步，只得決一死戰！」謀士程昱卻說：「關羽從來不恃強凌弱，丞相舊日對他有恩，今日若是親自相求，或許能成功逃脫。」

曹操見其說得有理，即向關羽施禮道：「我如今兵敗，已經走投無路，希望將軍念及往日的恩情，放過我吧！」關羽說：「我先前殺袁紹的大將顏良、文醜之時，已經報答丞相厚恩，今日之事，不敢以私廢公。」

曹操說：「那麼，將軍可記得過五關斬六將之事？」關羽是個重情義的人，又見曹軍士兵各個驚慌，心中更是不忍。於是吩咐軍士散開，放曹軍通行。曹操這才成功脫險，回到許昌。

關羽放走曹操後，慚愧地帶領軍隊回去。孔明見到關羽，舉杯相迎：「將軍立了大功，誅殺曹賊，真是可喜可賀！」關羽沉默了一會，才說：「我無能，特來請軍師賜我一死。」

孔明疑惑地說：「莫非是我估計錯了，曹操並沒有走華容道？」關羽說：「軍師的估計並沒錯，曹操是走華容道，但是我無能，讓他逃脫了。」孔明聽後，假意怒道：「想必是將軍念曹操昔日之恩，故意放他逃脫。將軍此前立下軍令狀，我不得不按軍法處置！」

劉備連忙相勸：「當年我們三人結義，發誓同生共死。雲長雖然犯了軍法，可我不忍違背以前的誓言。請軍師手下留情，讓他今後將功贖罪。」見到劉備求情，孔明便放過關羽。

# 第十六章　三氣周瑜——賠夫人又折兵

周瑜於赤壁一戰勝曹操後，正和其他將領商討要攻打南郡，突然得報劉備派遣使者帶著禮物，祝賀周瑜戰勝曹操。而周瑜乘機向使者打聽劉備的下一步動作，使者說：「主公正在油江口駐紮，軍師也在油江口。」周瑜聽後，要使者先回去，他之後再親自去找劉備道謝。

使者走後，周瑜怕劉備在油江口駐紮，也是為了攻取南郡，便和魯肅帶著三千騎兵到劉備的軍營，來探虛實。周瑜到後，劉備設宴相待。宴席中，周瑜問：「皇叔在此駐紮，莫非想要攻打南郡？」

劉備答道：「我們聽說將軍要攻打南郡，便在這裡駐紮，以便助將軍一臂之力。如果將軍沒打算發兵攻打，那麼我們就會攻打南郡。」

周瑜笑著說：「南郡已在江東的掌握之中，我軍又怎會不想攻打呢？」

劉備說：「南郡守將曹仁勇不可當，只怕將軍不一定能取勝。」

周瑜說：「我如果攻不下來，到時便任由皇叔去。」

於是，周瑜命人前去攻打南郡，卻被曹仁殺退。周瑜見南郡久攻不下，便派兵先破南郡附近的城池，再合兵攻打南郡。到了南郡城下，周瑜見曹軍旗幟不整，士兵都正在收拾行裝，以為曹仁準備退兵，便全力攻城。進到城中後，周瑜卻發現城內空無一人。突然間，兩邊弓箭齊發，原來這是曹仁的計謀，假意退兵，引周瑜進城。此戰江東大敗，周瑜也被弓箭射傷。回營後，軍醫發現箭頭有毒，只要一生氣，箭傷便會裂開。

此後曹軍日日叫陣，可是江東將士只是堅守營寨，並未出戰，將領們也沒有稟報周瑜，想讓他安心養傷。周瑜得知後，生氣地跳下床，披甲上馬，準備率眾迎戰。

曹仁見周瑜出營，便令軍士高聲叫罵。周瑜正要派人出陣，忽然箭傷發作，大叫一聲，口噴

鮮血，墜於馬下。

但這其實是周瑜的計謀，他想騙曹仁前來攻打自己的營寨，趁曹軍傾巢而出時攻下南郡。曹仁回營後不久，十幾個東吳士兵偷偷來降，還說周瑜已命在旦夕，不久必亡。曹仁大喜，當夜便來攻襲吳軍營寨。攻到周瑜的中軍帳時，不見一人，才知道自己中計；他急忙回兵，卻見東吳士兵從四面八方殺來。曹仁抵擋不住，領著大軍倉皇逃走。

周瑜徑直帶兵來到南郡城下，卻見趙雲在城頭高聲叫道：「將軍恕罪！我奉軍師將令，已攻下南郡城了！」周瑜大怒，便要攻城，卻被亂箭射退，只好先派人去攻占附近的荊州。忽然探馬來報：「荊州被張飛、關羽搶先了！」周瑜大叫一聲，箭傷迸裂，昏倒在地，許久後才醒過來。周瑜一怒之下，便要與劉備決戰。魯肅連忙勸阻，自願前往與劉備、孔明評理。

魯肅面見劉備、孔明，說：「半年前，曹操帶著百萬大軍，出兵攻伐皇叔。幸好東吳大軍在赤壁奮勇殺退曹軍，救了皇叔。所以荊州理當歸東吳所有，可如今皇叔卻用計奪得荊州，我們浪費錢糧、損失軍馬，皇叔卻坐收漁利，恐怕沒有道理吧！」

孔明說：「荊州是劉表的基業，雖然他已經過世，但是公子劉琦還在。我主公以叔叔的身份輔佐侄兒，有何不可？」魯肅說：「劉琦遠在江夏，又不在這裡！」孔明聽後，便請出已經病入膏肓的劉琦，前來相見。魯肅大吃一驚，無話可說。最後才告訴孔明：「如果劉琦不幸病逝，你們就得把荊州還給江東。」

魯肅回去後，一一向周瑜稟告，周瑜擔心劉琦年輕，不會病死，說魯肅上了孔明的當。魯肅卻說劉琦已命懸一線，不必過慮。

而劉備得了荊州、南郡等地後，便開始思考長遠之計。劉備和孔明為了拓展勢力，於是帶著張飛、趙雲去攻打附近的武陵、長沙、桂陽、零陵四郡，關羽留守荊州。沒多久，他們便攻下零陵、桂陽、武陵。關羽在荊州得到消息，自請領兵去取長沙。

關羽兵到長沙，遇上老將黃忠。兩人打了上百個回合，始終不分勝負。次日再戰，又鬥五、六十回合，依然不分勝負，兩軍齊聲喝彩。關羽撥馬便走，黃忠趕來。關羽正要回刀砍去，忽然聽見腦後一聲響，原來黃忠馬失前蹄，摔在地下。關羽便拿著大刀說：「我的大刀不殺老幼，你回去吧！」

黃忠回城後，長沙太守令他明日暗箭射殺關羽。黃忠心想：「難得關羽如此義氣！他不忍心殺我，我又怎能害他！若不射，又違背將令。」因而躊躇未定。

隔天剛交手沒多久，黃忠詐敗，關羽連忙追趕。黃忠將弓拉開，關羽閃躲，卻不見箭來。關羽以為黃忠不會射箭，便放心向前。黃忠張弓搭箭，射中關羽頭盔。原來這黃忠有百步穿楊的本領，今日沒有射殺關羽，是為了報答昨日的不殺之恩。

等黃忠回城後，太守大罵黃忠私通關羽，要軍法處置。正要行刑時，大將魏延及時殺死刀斧手，救下黃忠，又殺了長沙太守，來向劉備獻城池。

劉備、孔明入城後，關羽稟告黃忠之事。劉備親自去請黃忠，黃忠被劉備的誠心感動，這才投降。接著，關羽帶魏延晉見，孔明卻下令殺了魏延，劉備急忙勸住。孔明指著魏延說：「食其祿而殺其主，是不忠；居其土而獻其地，是不義。如今歸順皇叔，暫且饒你性命，日後若生異心，我遲早取你性命。」

劉備班師回荊州，忽然得報劉琦病亡，劉備對孔明說，東吳勢必會派人來討荊州，並問計於他。孔明要劉備不必擔心，他已知道如何應對。果然，過了不久，魯肅以弔喪名義前來，要劉備馬上歸還荊州。當魯肅提起還荊州的事情時，孔明讓劉備寫了文書，約定暫借荊州為根基，攻下西川後，當即歸還荊州。魯肅無奈，只能答應。

魯肅回到江東，將文書呈與周瑜。周瑜看後搥胸頓足說：「子敬，你又上孔明的當了！他說攻下西川後便還，可是誰知道他什麼時候才會行動呢？」魯肅聽了周瑜的話後，愣了一會兒才說：「劉備想必是不會騙我的。」

周瑜嘆息說：「諸葛亮老奸巨猾；劉備是梟雄，恐怕不像你想得那麼老實。」

過了幾日，周瑜派去打探荊州消息的人回報說劉備的甘夫人過世，周瑜計上心頭，當即寫了書信，先說借荊州之事，再報殺劉備之計，讓人火速送與孫權。孫權讀信後大喜，派使者到荊州見劉備。

使者見過劉備，說：「聽說皇叔喪偶，眼下有一門好親事，特來做媒。我主有一位妹妹，美麗賢慧，身雖女子，志勝男兒。但是國太吳夫人甚愛幼女，不肯遠嫁，要請皇叔到江東成親。」劉備暫以亡妻骨肉未寒推卻。

晚上，劉備與孔明商議。孔明說：「主公可以答應，先派孫乾隨使者去見孫權，然後擇日成親。」

劉備道：「這恐怕又是周瑜的奸計吧！」孔明保證：「主公放心，我只要略施小計，即可保荊州太平，又讓主公抱得美人歸。」

孫乾見過孫權後，回報劉備。劉備仍心存疑慮，不敢前去。孔明說：「我已準備三個錦囊，內有妙計，之後讓趙雲依計而行，可保主公全身而退。」

於是，劉備與孫乾、趙雲帶著五百隨從前往江東。船已靠岸，趙雲打開第一個錦囊後，便令五百軍士至都城中大張旗鼓地購買聘禮，並大肆宣揚，讓全城的人都知道這樁喜事，又讓劉備帶上禮物去拜訪周瑜的岳父—喬國老。

喬國老見過劉備，便來向吳國太賀喜。吳國太為此感到莫名其妙，一面叫人去找孫權，一面派人到城中打聽。不久便探得劉備娶親的消息，吳國太大驚。不一會兒，孫權來見母親，吳國太捶胸大哭：「城中人人知道你招劉備為妹婿，只有我不知道。我是你的母親，為何不告訴我？」

孫權只得推說此為周瑜的美人計。吳國太聽了，不斷地大罵周瑜：「自己沒能力攻取荊州，卻利用我女兒使美人計！」喬國老忙勸道：「事已至此，不如真招劉皇叔為婿，免得出醜。」

吳國太說：「我和劉皇叔素未謀面。明日約他到甘露寺相見，如果我不喜歡，任憑你們處置；但是如果我中意，便把女兒嫁他！」孫權乃大孝之人，見母親這麼說，立刻答應。

隔天，劉備、趙雲及隨行的將士全副武裝地來到甘露寺。劉備下馬與孫權見禮，孫權是第一次見到劉備，看劉備儀表堂堂，心中有畏懼之意。一陣寒暄後，兩人便入寺去見吳國太。吳國太上下打量劉備一番，看他氣質不凡，相當喜歡，便答應把女兒嫁給劉備。劉備謝過，陪同吳國太用宴。不久，趙雲巡視回來，悄悄對劉備說寺中有許多士兵埋伏，提議可以告知吳國太。

劉備便跪在吳國太面前，哭著說：「要殺劉備，就請動手吧！」

吳國太驚訝地問：「皇叔何出此言？」

劉備說：「廊下暗伏士兵，這不是意圖殺劉備又是為何？」

吳國太聽後大罵孫權，孫權只推說不知。吳國太讓人叫出暗伏的軍士，要將為首將領斬首，劉備連忙勸住。

幾天後，劉備與孫夫人成親。周瑜見弄假成真，又生一計，忙寫信給孫權。孫權便為劉備整修屋舍，添置器物，又送歌女數十人，金銀財帛無數。吳國太只道孫權好意，喜不自勝。劉備與孫夫人兩情相悅，又享富貴安樂，果然不想回荊州。

到了年終，趙雲想起孔明吩咐，便拆開第二個錦囊。看過錦囊後，即到府中見劉備。趙雲假作驚慌道：「孔明派人來報，說曹操為報赤壁之仇，領精兵五十萬，殺奔荊州，請主公趕快回去。」

劉備與孫夫人商議後，拜別吳國太，假以祭祖為由離開東吳。孫權得知劉備離開後，急令二將帶兵追殺。二將剛走，孫權怕他們無法得手，又另派兩名將軍帶上自己的佩劍，去追劉備與孫夫人。

劉備見後方塵土飛揚，知道有人來追，便命趙雲準備抵擋。繞過山腳，一隊兵馬逼近。在這千鈞一髮之際，趙雲急忙打開第三個錦囊。劉備看了，急忙到孫夫人乘坐的車前哭道：「你兄長與周瑜同謀，想用夫人作釣餌，將我困在東吳，然後乘機奪取荊州。如今到處都是追兵，我恐怕就要死於夫人車前了！」

孫夫人一聽，捲起車簾，對後方領頭的將領說道：「你們是想造反嗎？」將領慌忙跪下，說是周瑜的軍令難違。孫夫人說：「周瑜能殺你們，我一樣能處置你們！」他們聽後，不敢辯駁，便放劉備走了。

沒走多久，第二隊追兵趕到。劉備聽見後面喊聲大起，忙與夫人商議。孫夫人請劉備先走，自己留下。奉命前來追趕的將軍見到孫夫人後，孫夫人厲聲斥責：「我和皇叔回荊州祭祖，已事先告知母親，又不是私奔。你們難道想害我嗎？」他們面面相覷，最後只得放劉備一行人過去。

劉備來到江邊，只見孔明已經等候多時，他急忙上船。忽然，江面喊聲大作，原來是周瑜帶著水軍追來。孔明讓船開到北岸，然後眾人棄船，上岸趕路。周瑜也帶人上岸繼續追趕，眼看就要趕上，卻見關羽、黃忠及魏延分別帶兵殺出。

周瑜驚慌失措，急忙率眾掉頭上船。此時，卻聽到岸上的軍士齊聲喊道：「周郎妙計安天下，賠了夫人又折兵。」周瑜聽後，大叫一聲，箭傷迸裂，不省人事。

孫權得知劉備逃脫後，便要發兵攻伐荊州。謀士獻計道：「主公可上表朝廷，敕封劉備為荊州牧，後使反間計，讓曹、劉兩家相攻，我們再乘機取荊州。」而曹操將計就計，封劉備為荊州牧的同時，也封周瑜為南郡太守，程普為江夏太守，欲以此讓孫、劉兩家相爭。

周瑜等人受封後，又讓魯肅去討荊州。魯肅見到劉備，提起歸還荊州的事，劉備聞言放聲大哭。魯肅不解，孔明說：「當初主公借荊州時，答應如果得到西川便歸還。可是仔細想想，西川的守將劉璋同樣是漢室後裔，是我主公的同宗兄弟，怎能忍心攻占？我們若是還沒攻下西川就交還荊州，又要到何處落腳呢？」於是請魯肅寬限一些時間；魯肅無奈，只得答應。

魯肅一一回報周瑜，周瑜頓足說：「子敬，你又中孔明之計。不過我另有一計，必定可拿下荊州。既然我們兩家已結成親家，如果劉備不忍取同宗基業，我們可以代他攻打西川，以換回荊州。」

魯肅聽後說：「攻伐西川需得勞師遠征，都督此計，恐怕不可行。」

周瑜心懷不軌地說：「我只是假借攻打西川之名，去攻打荊州。江東大軍攻伐西川時，路過荊州，可向劉備討要糧草，一旦他出城勞軍，我們便大舉殺入，奪下荊州。」

於是，魯肅再次去見劉備，說江東願為皇叔奪取西川作為嫁妝，並換回荊州。孔明、劉備連忙稱謝。魯肅走後，孔明說：「這是周瑜的『假途滅虢』之計，待主公出城勞軍，他一定會乘機殺入城來。」於是，孔明命趙雲安排伏兵。

魯肅回去，說劉備、孔明都沒有識破，周瑜大笑說：「沒想到這次連孔明也中了我的計策！」立刻調遣人馬，進軍荊州。到了荊州城下，只見城上的士兵豎起刀槍，趙雲大聲叫道：「軍師已識破將軍的『假途滅虢』之計，留趙雲在此等候！」周瑜見狀，只得回兵。突然有人來報：四路伏兵殺出，說要活捉周瑜。

周瑜怒氣填胸，口吐鮮血，墜於馬下，眾將拚死把他救回江東。回到江東後，周瑜寫了遺書給孫權，推薦魯肅繼任，最後，忍不住仰天長嘆：「既生瑜，何生亮！」心有不甘，抑鬱而亡，享年三十六歲。

周瑜死後，孔明帶趙雲前往弔喪。孔明跪在周瑜靈前誦讀祭文，哀慟不已，伏地大哭。東吳眾將皆道：「今日觀其祭奠之情，人們若說周公瑾*與孔明不睦，這恐怕是虛言。」（*註：周瑜，字公瑾。）

拜祭完周瑜，孔明辭別魯肅，正要上船時，一人拉住他大笑道：「你氣死周郎，又來弔喪，豈不是明欺東吳無人嗎？」孔明見是龐統，忍不住也大笑起來。孔明料想孫權無法重用龐統，便請他到荊州相助劉備，並留下一封推薦信給他。

但是，龐統見到劉備時，並沒有把孔明的推薦信拿出來，而劉備看他長相醜陋、禮數不周，便讓他做了一個小縣城的縣令。龐統到任後，不理政事，終日飲酒。劉備聽說後，命張飛、孫乾前往巡視，到了縣衙，兩人見龐統衣冠不整，一副醉態。張飛不禁批評他不理縣政，龐統當場開始處理公務，只用了半日時間便把百日公事全部辦完。張飛連聲叫道：「先生大才。」

張飛連忙返回荊州，把經過告訴劉備，劉備這才知道此人便是鳳雛先生，連忙前去請罪，龐統這才拿出孔明的推薦信，劉備看了，立刻拜龐統為副軍師。他高興地說道：「昔日水鏡先生曾說過，得臥龍、鳳雛其中一人，便可安天下。如今我二人皆得，漢朝必可中興！」

# 第七章　三分天下——五虎將

卻說曹操見劉備的勢力日益強盛，便想發兵攻伐，但是又怕西涼的馬騰趁機偷襲許昌，便設計召馬騰到許昌議事，將他殺害。馬騰的兒子馬超得知父親被害，立刻發兵報仇，西涼太守韓遂亦起兵相助。西涼大軍勢如破竹，一路攻陷長安、潼關，直逼許昌。曹操只得親率大軍抵擋。

兩邊布好陣勢，曹操縱馬出陣，他問馬超：「你是漢朝名將子孫，為何造反？」馬超大罵：「曹賊！你殺我父親，我與你不共戴天！」說完挺槍殺來。曹操先後派出兩員大將迎戰，都沒能抵擋馬超。接著，馬超在陣前一揮長槍，西涼士兵向前衝殺，曹軍大敗。

亂軍中，曹操聽見西涼士兵大叫：「穿紅袍的是曹操！」於是，他急忙脫下紅袍。又聽得大叫：「長鬍子的是曹操！」曹操立刻用佩刀割掉長鬚。西涼士兵又叫道：「短鬍子的是曹操！」無計可施之下，曹操便扯下旗幟蒙住自己的嘴。最後，在曹洪和夏侯淵的護衛下，才成功脫險。

幾天後，曹操帶兵渡過渭河。馬超得到消息，連忙派兵襲來。曹軍紛紛回頭登船逃命，許褚也背起曹操上船。馬超趕到河邊時，見曹操的船已開走，便命軍士放箭。許褚一手舉馬鞍，護住曹操；一手使篙撐船，兩腿夾著船舵，駛向對岸。

馬超回營見到韓遂，說：「我眼看就要捉住曹賊，卻被一名勇將阻攔。」

韓遂說：「那人定是許褚，人稱『虎侯』，英勇過人，賢侄不可輕敵。」

曹操渡河不成，又接連遭馬超日夜游擊，難以安營紮寨。這時有謀士建議：現在嚴寒季節，滴水成冰，主公可命士兵擔土潑水，土水冰凍，即刻便為土城。曹操依計行事。次日，馬超見曹操已立好營寨，忙來挑戰，曹操只帶許褚出陣，用鞭指著馬超說：「你欺我立寨不成，如今老天助我，還幫我築好了一座土城，如此看來你不是我的對手，還不早早歸降！」

馬超大怒，要上前擒拿曹操，但見曹操背後還有一人，手提鋼刀，懷疑是許褚，便問：「聽說你軍中有虎侯，如今何在？」

許褚提刀大叫：「我就是許褚！」馬超見他威風凜凜，也不敢輕舉妄動，勒馬回營。許褚回寨，便讓人下戰書，約馬超決戰。

次日，兩軍對陣。馬超挺槍躍馬、許褚拍馬舞刀出陣。兩人鬥了一百餘回合，不分勝負。許褚殺得性起，回到營陣，卸了盔甲再次上陣。兩人又鬥三十餘回合，曹操怕許褚有失，命人出陣夾攻，馬超陣營也帶兵衝殺過來。混戰中，許褚手臂中了兩箭，曹軍慌忙退回土寨。

一日，馬超正與曹軍交戰，忽報曹操準備分兵夾擊馬超。馬超恐腹背受敵，便與韓遂商議。起先馬超猶豫不決，但韓遂依照謀士建議，送了求和信給曹操。曹操知道馬超有勇無謀，便假意回信答應，心中卻盤算使「反間計」來離間馬、韓。曹操不僅設法在大軍面前，不穿盔甲地單獨和韓遂親切談話，更寫了一封多處塗抹的信給韓遂，並故意讓馬超知道。馬超向韓遂要信來看，仔細閱讀後，覺得是韓遂把重要資訊塗抹掉，心中越來越懷疑他與曹操勾結。韓遂說：「賢侄如不信我，我明日必將曹操騙出，讓你一槍刺死他。」

次日，韓遂到陣前要曹操相見，曹操卻讓曹洪出陣，說：「昨夜丞相信中提到的事，切莫有誤。」馬超聽後大怒，縱馬來刺韓遂，眾將及時勸住，返回軍營。韓遂見馬超反目，只得與諸將商議降曹，卻被馬超發現。於是，雙方於自家陣營內混戰一場，同時，曹操也領兵圍攻過來，結果馬超大敗，落荒而逃。

馬超兵敗後，投靠漢中太守張魯。張魯正想發兵攻伐益州，益州牧劉璋得報，忙派張松向曹操求救。張松暗藏西川地圖，準備獻給曹操。不料曹操見他容貌醜陋，在談話中還不時揭露自己的短處，便氣得將他逐出許昌。於是，張松轉而到荊州面見劉備，並將西川地圖獻給他，還建議劉備攻打西川，自己和幾位朋友願意作為內應。張松回到益州，暗地裡與友人商量迎接劉備之事，又對劉璋說曹操不願相助，勸他派人去請劉備援助。

不久，劉備留孔明、關羽、張飛和趙雲鎮守荊州，自己帶龐統、黃忠、魏延、關平前往西川。孫權得知劉備率軍前去攻伐西川後，便想攻打荊州，但又顧慮妹妹孫夫人的安全而猶豫不決。這時，老臣張昭建議可派人通知吳國太病重，要孫夫人帶阿斗一起回鄉。到時可用阿斗威脅劉備，換取荊州。孫權依計行事，順利讓妹妹回到江東，但是阿斗卻在半途中被張飛和趙雲帶回。

劉備一行人到了西川，劉璋出城迎接。當日，劉璋準備設宴款待劉備，龐統和張松等人要劉備在宴席中殺害劉璋，那麼西川便唾手可得，但是劉備不肯。在宴席中，劉璋突然得報，張魯進犯葭（ㄐㄧㄚ）萌關，便請劉備前去把守。

不久，張松暗通劉備的事情敗露，劉璋先斬張松，再命令各處關隘嚴加把守。劉備用計奪得涪（ㄈㄨˊ）水關後，便與龐統兵分兩路進軍雒（ㄌㄨㄛˋ）城：龐統走小路，劉備走大路。劉備見龐統所騎的馬太過疲弱，便將自己乘坐的的盧馬送給龐統。哪知雒城守將早有防備，帶著三千兵卒在附近落鳳坡埋伏，他命令麾下士兵一旦瞧見騎白馬的人便立刻放箭，龐統因此死於飛蝗亂箭之下。

龐統死後，劉備只好退守涪水關，趕緊派關平回荊州請孔明前來。書信送到荊州後，孔明說：「主公現在是進退兩難，我不得不去啊！」

關羽問：「軍師如果前去，不知何人可守荊州？」

孔明說：「主公讓關平送信，就是想讓你守荊州。守荊州責任重大，雲長可別辜負主公重託！」

關羽說：「我既接此重任，萬死不辭！」

孔明聽關羽說了個「死」字，又感擔憂，無奈印信已交付關羽。接著，孔明問：「曹軍若前來攻打，怎麼辦？」

關羽說：「武力對付。」

孔明說：「若是曹操、孫權都派兵進犯，將軍又怎麼辦？」

關羽說：「分兵抵擋。」

孔明說：「如果分兵抵擋，荊州必失。防守荊州的原則就八個字：北拒曹操，東和孫權。請將軍字字牢記。」

之後，孔明吩咐張飛率兵為先鋒，沿大路攻打雒城，又讓趙雲沿江而上，到雒城與張飛會合，自己隨後出發。臨行前，孔明叮囑張飛：「西川豪傑眾多，請將軍萬萬不可輕敵。一路上善待士兵，不要劫掠百姓。」

張飛果然一路秋毫無犯。不久，便進入巴郡地界，還招降巴郡守將嚴顏，並讓他為前部先鋒。由於嚴顏在西川威望極高，一路上，川軍都望風而降。

而進退兩難的劉備預計孔明和張飛的兵馬將至，便起兵攻向雒城。張飛、趙雲先後趕到，敵軍大敗。劉璋見雒城失守，劉備大軍逼近成都，急忙派人向漢中的張魯求救。這時馬超正在張魯軍中，便自請領兵去救。

張飛聞訊，便要去挑戰馬超。孔明卻佯裝沒聽見，對劉備說：「馬超英勇，必須到荊州請關羽前來，否則無人能敵。」

張飛叫道：「軍師為何小看我？我曾隻身一人，擋下曹操百萬大軍，哪裡還怕一個馬超！」孔明便讓魏延帶五百兵先行，張飛隨後，劉備率後隊。

魏延到了關下，碰到馬超同族兄弟馬岱，誤以為他是馬超，便前去迎戰。馬岱抵擋不住，敗走。魏延趕去，被馬岱一箭射中左臂。魏延趕緊撤回，剛回到關下，迎面便碰上張

飛。張飛問過馬岱姓名後，知道他不是馬超，便指名要馬超出戰。馬岱聽後不服，前去迎戰張飛，結果敗下陣來。

次日天明，馬超親自到關前挑戰。張飛幾次想要出戰，都被劉備攔住。到了中午，劉備見馬超人困馬乏，便命張飛出戰。兩人戰了一百餘同合，不分勝負。劉備見天色已晚，便鳴金收兵。

馬超換了馬，再次挑戰，大叫：「張飛！敢夜戰嗎？」張飛殺得性起，大叫：「點上火把，安排夜戰！」二人續戰二十餘回合，均不分勝負，方才各自回陣。

第二天，張飛剛要出戰，孔明就趕到了。孔明見馬超英勇，用了一條計策，讓馬超自願來降。他派人收買張魯的謀士，讓他散布謠言，說馬超要攻取西川、自己稱王。張魯信以為真，就讓人守住關口，不讓馬超回兵。在進退兩難的情況下，馬超只能投降劉備，並帶兵攻打益州，劉璋見馬超兵臨城下，為了城內百姓著想，只好開城投降。

孫權聽說劉備已攻下西川，便假意扣押諸葛瑾的家人，讓他去討還荊州。諸

諸葛瑾見到孔明，放聲大哭。孔明帶他去見劉備，劉備大怒道：「孫權趁我不在荊州，偷偷接走夫人，我正要帶兵找他評理，他竟還敢上門來討荊州！」

孔明哭道：「倘若不還荊州，我兄長全家都將被殺。請主公看在我的情分上，將荊州還給江東。」劉備說：「要不這樣，我先將長沙、桂陽、零陵三郡歸還。」

孔明當即請劉備寫了書信。劉備對諸葛瑾說：「先生到荊州，要用好言相求，我二弟性烈如火，先生千萬要小心。」

諸葛瑾帶了劉備書信，來見關羽。關羽大怒道：「荊州本是漢朝疆土，怎能隨便送人？『將在外，君命有所不受』，雖有大哥的信，但我就是不還！」

諸葛瑾只得回報孫權，孫權無奈，放回諸葛瑾一家老小。魯肅說：「我有一計，可取荊州。」於是，魯肅派人邀請關羽到陸口赴會。

關平說：「魯肅此次邀約恐怕不懷好意，父親不可前去。」關羽不以為然地說：「我知這是魯肅的計謀，但我穿梭於百萬軍中，如入無人之境，豈會害怕江東武將！」接著，便命令關平挑選快船十艘，水軍五百，在江上等候，如見對岸揮旗便駛過江去。

魯肅聽說關羽欣然答應，便讓人安排伏兵，準備廝殺；又在臨江亭邊伏下五十名士兵，如關羽沒有帶兵馬，以丟酒杯為暗號，直接在席間動手。

關羽坐在船頭，旁邊周倉捧著大刀，帶著一隊人馬，前來赴宴。魯肅將關羽接進臨江亭飲酒。席間，關羽談笑自若，魯肅卻懷著心事，不敢正眼看關羽。

宴席之中，魯肅說：「當日劉皇叔借荊州時，約定取得西川後便歸還，如今西川已得，卻不還荊州，皇叔豈不是失信於江東！」

關羽說：「兄長的事情，我不便過問。」

魯肅說：「將軍與皇叔桃園結義，結為兄弟，誓同生死。皇叔之事便是將軍之事，怎能推託？」關羽未回答。

周倉在階下大聲說：「天下土地，有仁德的人皆能占有，豈能讓東吳獨占！」

關羽下階奪過周倉所捧大刀，給他使了眼色，說道：「國家大事，你怎敢插嘴！快快離開！」周倉會意，忙到江邊將旗一招，關平與五百水軍船如箭發，飛快駛來。

接著，關羽右手提刀，左手拉住魯肅，說：「今日我喝醉了，改日請先生到荊州再敘。」魯肅被關羽一路扯到亭邊，嚇得魂不附體。

眾將帶兵趕來，又怕傷了魯肅，皆不敢輕舉妄動。關羽直到上船，才鬆手，魯肅只能眼睜睜地看著關羽離開。

孫權得到消息，大怒，便想出兵攻取荊州，卻忽然聽說曹操要領三十萬大軍來襲，只得先把荊州放一邊，掉頭對抗曹操。

曹操本要進攻東吳，卻被參軍勸阻，他們建議先取漢中，再以得勝之兵威脅劉備。於是，曹操改而興兵西征，漢中太守張魯無力抵擋，投降曹操。西川百姓聽聞曹操攻下漢中，十分驚恐。

劉備召孔明商議，孔明說：「我們先把江夏、長沙、桂陽三郡送給孫權，再說服孫權攻打曹操，如此曹操必會退兵。」孫權見過劉備派來的使者後，同意率兵進攻曹軍屯兵之處—合淝。曹操和孫權的軍隊在交鋒中各有勝負，但是，孫權與曹軍相持一個多月後，皆不能取勝，只好各自退兵。

曹操回到許昌，眾臣上表，要獻帝封他為王。獻帝不敢違抗，便冊立曹操為「魏王」。而御林軍中，幾位將領認為曹操現在被封為王，之後一定會篡位，便發動兵變想除掉曹操，卻反遭曹操殺害。

不久，曹操命曹洪領兵南下入漢中，部將張郃自告奮勇，要取巴西郡。曹洪說：「巴西郡由張飛把守，不可輕敵。」張郃便立了軍令狀，領兵來戰張飛，不料剛一交鋒，就中了張飛設下的埋伏，曹軍大敗，之後張郃只是堅守。

張飛在山前紮寨，每日飲酒，對著曹營辱罵叫囂。劉備得報大驚，怕張飛喝酒誤事，忙與孔明商議。孔明知是張飛的計謀，便笑道：「軍中恐怕沒有好酒，可多送幾壇美酒給張將軍。」接著命魏延帶酒前去相助。

張郃得細作通報，知道張飛連日痛飲，旁若無人，便乘著夜色領兵劫寨。到了寨前，見張飛帳中燈火通明，以為他正在飲酒，徑直率軍殺入，一槍刺進大帳，沒想到竟刺中一個草人。張郃急忙勒馬想要撤退，張飛已經殺到他身後。

張飛、魏延又乘勝追擊奪下瓦口關。張郃狼狽逃走，帶著殘兵去見曹洪。曹洪大怒，依軍令要殺張郃，卻被勸住。最後，曹洪命他去攻葭萌關。

葭萌關守將忙向劉備告急，孔明說：「此番必須請來翼德，方可擊退張郃。」黃忠聽到，厲聲叫道：「軍師為何輕視眾人！我願去迎戰張郃！」

孔明說：「將軍雖然英勇，但年事已高，恐怕不是張郃對手。」黃忠聽了，取來大刀，舞動如飛。最後，孔明還是同意他與嚴顏同去救葭萌關。

葭萌關守將見孔明派兩位老將前來，暗笑他不會用人。黃忠對嚴顏說：「你看見眾人神情嗎？他們笑我倆年老，我們偏要建立奇功，讓眾人心服。」

次日，黃忠出陣。張郃大笑：「你這把年紀，還能打嗎？」黃忠大怒，舞刀拍馬便上。戰到二十餘回合，忽然，曹軍背後喊聲四起，原來嚴顏從小路繞到張郃軍後，張郃無力抵抗，大敗。

不久，黃忠探得天蕩山是曹軍屯糧之處，打算攻取那個地方，讓曹軍斷糧。於是，他讓嚴顏率領一支軍隊，並要他依計行事。黃忠則引曹軍出營，戰一陣，便敗走二十餘里；再戰數回合，又敗走二十餘里。張郃擔心中計，不敢追趕。

劉備聽說黃忠連敗，忙派人前來相助，黃忠卻笑著說：「這不過是我的驕兵*之計。今夜請看我殺敵建功！」當夜，黃忠率五千兵馬出戰，攻破曹軍營寨，張郃退到天蕩山上，而黃忠一路緊追不捨。（＊註：驕兵之計為使對方輕敵的計策。）

此時，半山火起，原來是嚴顏燒了曹軍糧草，之後率軍夾擊。張郃腹背受敵，進退兩難，只好到定軍山投奔夏侯淵。

劉備得到捷報，厚賞黃忠和嚴顏，而黃忠要求乘勝攻取定軍山，孔明說：「夏侯淵深通韜略，非張郃可比，須到荊州請雲長前來，方可去攻。」

黃忠道：「我只帶本部三千兵馬，定斬夏侯淵。」孔明便讓謀士法正作為監軍同去。黃忠走後，孔明又讓趙雲領兵暗中接應。

曹操得知張郃連敗，一方面起兵四十萬親征，另一方面寫信催促夏侯淵出戰。夏侯淵得信，躍躍欲試，立刻命人出陣誘敵。黃忠派部將接戰，夏侯淵卻突然從背後殺出，活捉黃忠的部將。

黃忠急忙與法正商議，法正說：「夏侯淵有勇無謀，將軍可用『反客為主』之計，拔寨前進，步步為營，誘夏侯淵來戰。」黃忠用法正之計，軍營只駐紮幾日便往前推進。夏侯淵見狀，命部將出戰，但只一回合，就被黃忠活捉。於是，雙方協議走馬換將，各自換回自己的戰將。

不久，黃忠已領兵來到定軍山下，法正說：「定軍山以西，有一座高山，可以察看敵軍虛實。將軍若先攻下此山，定軍山便是囊中之物了！」於是，黃忠便帶人連夜攻上山頂。

隔天，法正讓黃忠率軍守在半山，自己則在山頂。他們約定以旗幟為號令，舉白旗則按兵不動，舉紅旗則全力出擊。夏侯淵見黃忠占了對山，便圍在山下叫罵，但黃忠不予理會。午後，法正見曹軍銳氣已失，便揮動紅旗。黃忠一馬當先衝下山，夏侯淵措手不及，被黃忠砍成兩半。

曹操怒極，率大軍來襲，要為夏侯淵報仇。他命張郃把糧草轉移陣地，而黃忠急於立功，便與部將領兵劫糧，不料曹軍早有重防，將黃忠團團圍住。趙雲不見黃忠回營，便命人伏下弓弩手，守住營寨，自己領兵前去救援。趙雲殺入重圍，如入無人之境，救出黃忠。曹軍見到「常山趙雲旗號」，嚇得急忙逃命。

趙雲退回本寨後，讓軍士放下軍旗，大開寨門，單槍匹馬立於門前。曹操趕來，見到趙雲，遲疑不敢進兵。趙雲長槍一擺，頓時，萬箭齊發；曹軍不知敵軍底細，慌忙撤退。

劉備乘勝攻取漢中後，眾將都推尊他為皇帝，但是劉備不肯。他說：「我雖為漢朝宗親，但也是臣子，若自立為王，豈非謀反？」

孔明卻說：「如今天下三分，群雄並起，各霸一方，無人不想建立功名大業。

若主公想要避嫌，恐怕會令眾人大失所望，請主公三思。」

劉備接著說：「不得天子明詔便是僭越。」

孔明勸誡劉備說：「主公平生以仁義為本，但宜從權變。如今主公已擁荊州及兩川之地，可先進位漢中王。」

劉備再三推辭不過，只好答應。建安二十四年七月，劉備築壇稱王，冊封諸葛亮為軍師，總理軍國大事；法正為尚書令；魏延為漢中太守；再封關羽、張飛、趙雲、馬超、黃忠為五虎大將。

# 第八章　先主託孤──殞命

曹操得知劉備自立為漢中王，勃然大怒，想和劉備一較高下。這時，謀士司馬懿說：「孫權與劉備為爭荊州，已經勢不兩立。不如派一個能言善辯的使臣去東吳，說服孫權攻打荊州。劉備如果回兵救荊州，魏王便可派人攻取漢中。」曹操依言行事。

而孫權接見過曹操的使臣之後，與眾謀士商議。諸葛瑾提出建言：「聽說關羽有個女兒，還未許配他人。我願意前去荊州，為主公的兒子說媒。如雲長答應，我們便與他共同抵抗曹操；如果不肯，我們另擇良機，攻伐荊州。」

孫權聽後便派諸葛瑾來見關羽，不料，關羽斷然拒絕：「吾虎女安肯嫁犬子？」孫權得知後，怒火中燒，立刻就想起兵攻打荊州，但是謀士步騭勸阻道：「不如讓曹操先攻打荊州，等關羽出兵迎戰，我們再派軍偷襲荊州，坐收漁翁之利。」孫權從計。

劉備得知曹操聯合東吳，想要襲擊荊州，忙與孔明商議。孔明讓劉備命關羽起兵攻打樊城。關羽得令後，以傅士仁、糜芳為先鋒，至城外駐紮，可這兩位將軍卻在營寨飲酒，引發大火，燒毀不少糧草，被關羽重罰。

接著，關羽遣關平、廖化接替兩人，卻把南郡和公安兩個重鎮交給傅士仁和糜芳把守。此外，關羽為了防備東吳偷襲，安排沿江岸每隔二十里，就築起一座烽火臺。如果吳軍偷襲，則夜間放火、白日燒煙。

駐軍襄陽的曹營大將曹仁，得知關羽領兵前來，派人和關羽交手，結果大敗而歸，丟了襄陽，大軍只能返回樊城堅守。無計可施的情況下，曹仁寫信向曹操求救。曹操知道襄陽已失，樊城萬急，便命將軍

于禁、龐德帶領兵馬去救樊城。

龐德抱著視死如歸的態度，命人造好一副棺材，對部將說：「我若不幸被關羽殺死，就用此棺裝我的屍體；若成功殺了關羽，便取其頭首裝進此棺，獻給魏王。」

隔天，龐德抬著棺材出陣，指名要挑戰關羽，關羽隨即拍馬出陣。兩人大戰一百餘回合，不分勝負。第二天，兩人再戰，雙方鬥得正酣時，龐德佯裝戰敗，拖刀就走。關羽大罵：「龐賊休走！」突然，龐德掛刀於鞍，偷偷拉弓，回身射來一箭。關羽躲閃不及，左臂中箭。

龐德正要追趕，卻聽本營鑼聲大震，只得回營。原來于禁見龐德射中關羽，怕龐德立了大功，滅己威風，故鳴金收軍。

後來幾日，龐德連日挑戰，但無人迎戰。龐德叫于禁率軍殺入關羽寨中，于禁不肯，卻將七支兵馬轉移到山腳。關羽箭傷痊癒後，便帶兵到高處視察敵軍動向。見于禁駐紮山谷，心中暗喜。於是派人堵住各處水口，要放水淹曹軍。

這時正值多雨季節，連下幾日暴雨。于禁的副將勸誡說：「我軍駐紮低地，若是江水暴漲，又該如何是好？」于禁不聽，反罵他惑亂軍心。

恰好就在當夜，狂風大作，暴雨不止。龐德才踏出營區，只見大水自四面八方湧來。被沖走的士兵無數，于禁、龐德等人登上附近的一座小山避水。到了清晨，關羽與眾將搖旗吶喊，乘大船而來。于禁見無路可退，便降了關羽。

龐德搶了一條小船，往樊城的方向划，卻被撞翻在途中，落入水裡，被周倉生擒。關羽將于禁押入大牢，等候發落。龐德卻始終不肯投降，關羽便將他殺了。

曹操得知關羽擒于禁、斬龐德，進逼樊城，十分震驚。他先派大將徐晃領兵救援樊城，又寫信催孫權起兵。孫權看過書信後，命大將呂蒙準備伺機攻取荊州。吳軍到了陸口，哨騎報告荊州沿江高處都設有烽火臺，戒備森嚴。呂蒙聽後，悶悶不樂，此後便託病不出。孫權知道後，十分著急，便命謀士陸遜前去探病。

陸遜見到呂蒙，說：「將軍之病，定是因為荊州沿岸的烽火臺。我有一計，可讓烽火臺的士兵，無法點火報信，束手投降。」呂蒙忙問他有何妙計。

陸遜說：「令關羽提防的便是將軍。若將軍託病辭職，讓接任者給關羽寫信，阿諛奉承他一番，讓他放鬆防備。然後將軍再領一支精兵，奇襲荊州即可。」呂蒙大喜，立即上書辭職，孫權便換陸遜去守備陸口。

陸遜到任後，當即寫了書信，讓人準備厚禮去見關羽。果然，關羽見陸遜不過是無名小卒，且言辭十分謙卑，料想他不會造成多大威脅，便撤了荊州大半兵馬前去攻打樊城。

於是，呂蒙點兵三萬，快船八十餘艘，讓熟識水性的士兵扮作商人，其餘士兵則藏在船艙中。呂蒙一面派人約曹操夾攻，一面命快船直抵對岸。江邊烽火臺士兵盤問時，吳軍只說自己是商人，因江中風大，須暫避岸邊，還將財物分給守臺士卒，士卒便讓他們停泊江邊。晚上，艙中精兵齊出，呂蒙率兵捉拿各守臺士卒。吳軍一路到了荊州，無人知覺。呂蒙又讓被俘的守臺士卒，舉火為號，讓守城的將領打開城門，乘機占據荊州。

進城後，呂蒙申明軍紀，嚴禁軍士驚擾百姓，並讓荊州官吏任其原職，更悉心保護關羽的家眷，並未傷害他們。

不久，孫權率軍至荊州城，與呂蒙商議如何收復荊州重鎮公安、南郡。此時，謀士虞翻自告奮勇，前去勸降；而傅士仁、糜芳因不久前曾遭關羽責罰，心中懷恨，便欣然答應投降。

話說曹將徐晃兵至樊城，與守城的曹仁聯手夾擊關羽，關羽大敗，領軍敗退。關羽正想往荊州的方向撤退時，忽然得報，荊州已被東吳的呂蒙所奪，傅士仁、糜芳也都已投降。關羽只好一面向劉備求救，一面整軍要重奪荊州。

呂蒙見關羽回軍，除了加強防備，更厚待荊州將士和家眷。讓跟隨關羽出戰的士兵個個無心戀戰，不時有人逃回城中。而關羽於回兵荊州的路上，遇到東吳諸將圍攻，關羽奮力衝殺一陣後，才終於突圍。進入麥城死守，卻立刻陷入吳軍的層層包圍。無計可施的情況下，關羽只能派廖化冒死突圍，向附近的駐軍求援。但是，他們都以曹操、孫權兵勢強大為由，不願救援。

關羽等不到救兵，手下只剩三百餘名軍士，且又大半受傷，糧食也將用盡，進退兩難，愈來愈多人出城投降。後來，他發現麥城北門的吳軍不多，便帶人從北門突圍。走沒多遠，又遇東吳將領攔路，關羽不敢戀戰，繼續率軍逃跑，卻中了吳軍的埋伏。關羽落馬，遭東吳將領馬忠擒獲；關平火速趕來救援，卻寡不敵眾，同遭俘虜。

馬忠將關羽押來見孫權，孫權因為喜愛關羽，想勸他投降，關羽卻罵道：「我與皇叔桃園結義，立誓輔佐漢室，怎能與反賊為伍！今日誤中奸計，只有以死報國，何必多言！」

孫權不死心，仍想勸降，但是手下的謀士卻說：「昔日關羽投降曹操，曹操對他恩重如山，終究還是留不住他。如今，主公擒獲關羽，應當盡快除掉他，以絕後患啊！」孫權覺得言之有理，便命人斬殺關羽和關平父子。

關羽死後，孫權怕劉備前來尋仇，便用張昭之計，將關羽的首級轉送曹操。司馬懿識破東吳的嫁禍之計，於是，曹操命人用沉香木刻了關羽身軀，以王公大臣之禮厚葬關羽。

劉備得知關羽被害，哭倒在地。他立誓要踏平東吳，報仇雪恨，孔明連忙勸道：「不可，如今東吳希望我們伐魏，魏亦希望我們伐吳，大家都想坐收漁利。主公可靜待吳魏失和，再趁機用兵。」

曹操不久後也因頭痛發作，不治身亡。臨終前，曹操遺旨命司馬懿、曹洪等人輔佐曹丕接續魏王封號。

但是，曹丕的弟弟曹植在許昌德高望重，曹丕便想除掉他，因此，他命令曹植以「兄弟」為題，在七步內作成一首詩，內容不能提及兄弟二字，若作不成詩，則處重罪。

曹植聽後，沉思片刻，朗聲誦出：「煮豆燃豆萁，豆在釜中泣。本是同根生，相煎何太急！」曹丕聽後，不禁淚流滿面，放下對曹植的殺意，只將他發配邊疆。

曹丕即位不久便逼迫漢獻帝禪位，君臨天下，改國號為大魏，尊曹操為太祖武皇帝。獻帝禪位當天，就被趕出都城，不久，又被曹丕派人暗殺了。曹丕篡位的消息傳出後，漢中王劉備得知漢朝天子遇害，難過不已，下令百官掛孝祭奠。諸葛亮與文武百官便藉機擁立劉備為皇帝。劉備立長子劉禪為太子，封諸葛亮為丞相。

劉備即位不久，就準備起兵伐吳。他不聽趙雲苦諫，一面親自操練兵馬，一面派人去請張飛，讓他準備出征。

自張飛得知關羽被害，日夜哭泣，每天借酒澆愁，脾氣益發暴烈；在他帳下的將軍或是士兵，只要言語稍有冒犯，便會遭他鞭打。這天使者才將劉備的書信送到，張飛當即與他一同出發，前往成都面見劉備。

張飛一見到劉備，便大哭道：「大哥做了皇帝，難道就忘記桃園盟誓！如果陛下不去，臣願誓死為二哥報仇！」劉備說：「朕與你一同討伐東吳，為雲長雪恨！」

次日，劉備命諸葛亮助太子劉禪駐守兩川；馬超、馬岱助魏延守漢中；自己則整頓兵馬，擇日起兵。

張飛的心情更為迫切，他一回駐地，便下令手下士兵三日內做好白旗、白甲，三軍掛孝，進軍伐吳。負責督辦此事的範疆、張達二將請求寬限幾天。張飛聽後大怒，將二人各打五十大板，並說道：「隔日須得備齊白旗、白甲，超過時限，立即處刑示眾！」

當晚，張飛又喝得酩酊大醉。範、張二人探得消息，他們知道明天若沒準備齊全，張飛會殺了他們，反正橫豎是死，倒不如先發制人，殺了張飛。於是，他們暗藏短刀，潛入張飛帳中，刺死張飛，連夜逃往東吳。

劉備在進軍的路上，得知張飛被殺，傷心地大哭了一場，隨即點起七十五萬大軍，令張飛之子張苞、關羽之子關興護駕，水陸並進，殺奔東吳而來。孫權忙派諸葛瑾前去求和，但是劉備不允。無奈之下，孫權只好向曹丕上表稱臣。曹丕冊封孫權為吳王，卻不出兵相助。孫權只得派大將領兵，抵擋蜀軍。

蜀軍勢如破竹，吳軍連敗數陣，數名大將陣亡。可惜蜀軍的黃忠因殺得性起，誤中埋伏，不幸中箭身亡。然而，蜀漢大軍依舊快速地攻占東吳重鎮，直逼要地。

眼看吳軍軍心動搖，糜芳急忙與傅士仁商議，他們殺了擒拿關羽的吳將馬忠，來見劉備，痛哭請罪。劉備恨他們請罪來遲，把他們押到關羽靈前處死。

孫權見蜀漢大軍銳不可當，便命人擒了範疆、張達，派二人帶著國書，送交劉備：東吳答應交還荊州，送歸夫人；請求重結盟好，共圖滅魏。劉備將範、張二人殺了，祭奠張飛，但依然怒不可遏，發誓一定要滅吳。

孫權大驚，不知所措。手下有人推薦陸遜統兵退敵，孫權便拜陸遜為大都督，總領兵馬，賜他佩劍，並允許他先斬後奏。

劉備聽說陸遜就是定計取荊州的人，便要發兵攻打。而隨行的謀臣馬良勸他不可小看陸遜，但是劉備不聽，帶兵在各個關口頻頻發動攻勢，而陸遜卻只是傳令眾將堅守勿戰。

劉備見天氣炎熱，取水不便，便移至山林茂密處安營紮寨。馬良說：「如果在移營途中，吳軍突然來襲，我們該如何對付？」

劉備說：「朕已令人引軍斷後。若吳軍來，我方可詐敗；陸遜若敢追來，朕親自帶兵，斷其歸路。」馬良接著說：「陛下何不將移營之地，畫成圖本，詢問丞相？」

劉備卻回答：「朕亦頗知兵法，何必事事詢問丞相？」馬良道：「古人有云『兼聽則明，偏聽則蔽』，望陛下三思。」於是，劉備才允許他畫好圖本，拿去見孔明。

東吳將領探得劉備駐紮山林深處，大喜，來見陸遜。陸遜親自去視察，只見蜀軍先鋒帶領一隊老弱兵馬安營紮寨，便有性急的人想領兵出戰，但是陸遜說：「前面山谷中，隱約有殺氣，必是伏兵，切不

可出戰。」東吳諸將都暗笑他膽小。

三日後，劉備移營已定。陸遜定下破蜀之策，表奏孫權。孫權大喜，派遣更多的吳軍前來接應。

劉備讓水軍順江而下，在東吳境內沿江紮寨。帳下的謀士認為不妥，向劉備進諫：「水軍沿江而下，進則易、退則難。臣等願為前鋒，請陛下在後壓陣，以求萬無一失。」劉備卻不以為然。

而曹丕得知劉備連營七百里，仰面大笑，認定劉備必敗無疑。於是令曹仁等人督軍，待陸遜攻取西川時，便要暗襲東吳。

卻說馬良入川，見了孔明，呈上圖本，孔明看罷，大驚失色道：「吳軍若用火攻，如何解救？漢朝氣數盡矣！」命馬良速去見劉備，改變駐紮地。馬良說：「若吳軍已勝，如何是好？」孔明說：「陸遜恐魏兵襲擊後方，不敢來追，成都可保無事。主上如兵敗，可投白帝城暫避。」馬良得了孔明的表章，便火速返營。孔明也調撥兵馬，準備救應。

陸遜見時機成熟，連夜聚集大小將士，先派人於水路進軍，用船載茅草，依計而行；另派兩隊人馬分至蜀軍的兩側放火，當蜀營大火一起，其餘將領就可率兵傾巢而出，不分晝夜，追擊劉備。

這晚，劉備正在苦思破吳之計，忽然聽說江北、江南營地大火四起，便命關興往江北，張苞往江南去打探。不久，大營左面突然起火，正想去救，右面亦慘遭回祿，守營的兵馬自相踐踏，死者不計其數。

劉備趕緊上馬，到其他將領的營寨避火，哪知各寨皆燃起熊熊火光。他正準備要逃，又遇上吳軍的兩路兵馬追擊，幸好張苞、關興及時趕到，掩護劉備往白帝城的方向撤退。

劉備逃往白帝城的路上，又遇吳將帶兵從江邊殺來，攔住去路，背後則有陸遜親率大軍追擊。在這危急時刻，趙雲領兵趕到，保護劉備安全撤退到白帝城。而孫夫人在東吳聽說蜀軍兵敗，又有謠傳劉備已死，失聲痛哭，最後投江而死。

陸遜大獲全勝，追擊一陣後，怕曹丕趁東吳防務空虛，前來偷襲，便下令班師。果然，曹丕派人兵分三路來襲。怎奈東吳早有防備，最終魏軍只能無功而返。

劉備敗退至白帝城後，便一病不起，他自知時日無多，便遣使者召丞相諸葛亮連夜從成都趕來，聽受遺命。孔明留太子劉禪守成都，便帶著劉備的兩個幼子趕來白帝城見駕。

劉備請孔明坐於床邊，淚流滿面地說：「朕自得到丞相，有幸成就帝王大業。奈何朕卻不納忠言，興兵伐吳，結果自取其敗，如今命在旦夕，太子年幼，不得不把大事相托於丞相。」劉備說完，環視左右，見馬良的弟弟馬謖在旁，便令他出去。馬謖出去後，劉備問：「丞相以為馬謖的才能如何？」

孔明說：「馬謖可算當世英才。」劉備卻說：「馬謖言過其實，不可大用。煩請丞相謹記。」於是傳群臣入見。

劉備寫了遺詔交給孔明，說：「請丞相將此詔交與太子，凡事請丞相教之！」孔明等人哭倒在地說：「陛下保重龍體！臣皆願意為您效勞，以報知遇之恩！」

劉備命內侍扶起孔明，拉著孔明的手，流淚道：「先生的才華遠勝曹丕，必能安邦定國。若太子尚有可為，就請丞相輔佐他；若是不成材，先生大可自立為主。」

孔明聽畢，手足無措，哭拜於地：「臣一定會鞠躬盡瘁，死而後已！」

接著，劉備請孔明坐於榻上，叫兩個幼子向前，吩咐他們說：「你們兄弟三人，要視丞相如父，不可怠慢！」說完，就去世了。

孔明率領眾官，把劉備的靈柩運回成都，宣讀遺詔，立太子劉禪為帝，改年號建興。曹丕得知劉備已死，劉禪新立，便使用司馬懿的計策，連同東吳，共率五路大軍，四面攻蜀。

消息傳到成都，後主劉禪大驚，急召丞相商議。但是卻得報，丞相染病，不理朝政，後主聽後更慌。於是，他親自來探訪孔明。進了相府，見孔明在池邊觀魚，後主著急地說：「曹丕兵分五路進犯，危急萬分，丞相為何不理政事？」

孔明慌忙請罪道：「曹丕兵分五路進犯，臣怎麼會不知道！其中四路犯兵，臣已令馬超、魏延、趙雲、李嚴退敵，剩下東吳這一路，臣早已有退敵之計，但需

要一名有膽有識的使者，臣至今仍在思考合適的人選。」後主聽了，才放心離去。

後主走後，孔明想到了鄧芝。他欣賞鄧芝的口才，也認為鄧芝的言論十分有見識，便奏報劉禪派鄧芝作為使者，前往東吳。而孫權得報曹魏四路大軍皆無功而返，又見蜀國派遣使者前來議和，便決定暫不起兵攻蜀。因此，他遣使隨鄧芝到成都，與蜀國重修舊好，共拒曹魏。

建興三年，蠻王孟獲謀反。孔明尋思著如果無法剿滅南蠻，日後若是出兵北伐必為心腹大患，便親率大軍，前去征討。孔明七擒七縱蠻王孟獲，最終，孟獲才心服口服地臣服於他，並發誓永不造反。自此，孔明澈底平定蜀國南方，為將來要進行的北伐，掃除最後一道障礙。

蜀漢建興四年，魏王曹丕病死。曹丕之子曹叡繼位，封曹真為大將軍，司馬懿為驃騎大將軍。孔明此時雖想進攻中原，唯顧慮司馬懿的能力，便讓人在洛陽等地散布流言，說司馬懿擁兵自重，藉此削去司馬懿的兵權。曹叡中計，不久便將司馬懿削職回鄉。消息傳到成都後，孔明大喜，上奏《出師表》，準備北伐。

# 第九章　三國歸晉──新開始

建興五年三月，孔明率三十萬大軍出師伐魏。

此時，劉備當年的五虎上將，僅存趙雲一人。孔明本想讓他留守，但是趙雲再三請戰，孔明只得令他為前部先鋒。

魏帝曹叡得報，忙命夏侯楙（ㄇㄠˋ）為大都督，率兵迎戰。趙雲雖已年過半百，但威風不減當年，連續擊敗多名魏國將領，魏軍大亂。夏侯楙不知所措，只得逃往南安郡。諸葛亮大軍隨後抵達，乘勝追擊，擒獲夏侯楙，攻克安定、南安兩郡，再用反間計攻取天水郡，收降姜維。孔明愛惜姜維的才氣，欲將平生所學盡數傳授。

曹叡見孔明連得三城，魏軍連連敗退，十分驚慌，忙命曹真、郭淮帶兵抵擋勢頭正勁的蜀軍。怎料，曹真、郭淮又在祁山的幾場大戰中接連大敗。萬般無奈之下，魏帝曹叡只得命司馬懿領兵出征。

孔明得到消息，大驚道：「司馬懿此次出關，必會攻打街亭，截斷我們的糧道。誰敢帶兵鎮守街亭？」

話音未落，馬謖說：「我願意帶兵前去。」

孔明說：「街亭雖小，但卻是很重要的據點。此地既無城關，亦無山川、大河作為屏障，極難防守。」

馬謖自告奮勇地說：「我自幼熟讀兵書，怎麼會守不住一個小小街亭？」

孔明說：「司馬懿不是泛泛之輩，先鋒張郃更是當世名將，你恐怕不是對手。」

馬謖說：「無論是司馬懿，還是張郃率軍前來，就算是魏帝曹叡親自領兵，我也不怕！」

孔明說：「軍中無戲言！」

馬謖說：「我願立軍令狀，若守不住街亭，願

意接受懲罰。」

馬謖寫下軍令狀，孔明便派兵給馬謖，並要武將王平協助他鎮守街亭。孔明吩咐王平：「我知你平生謹慎，才要你協助好大喜功的馬謖。你要小心布防，於進軍要道下寨，如此一來，敵軍與許不敢偷襲。安營後，把地圖送來，凡事小心，不要輕率，守住街亭後，如能攻下長安，你們就立下頭功了！」

但是，孔明仍不放心，他又命人帶兵守衛街亭東北方的列柳城，讓魏延守陽平關，以便救應；之後，再命趙雲帶軍埋伏在後。

馬謖、王平二人兵到街亭，看了地勢。馬謖笑道：「丞相何必多心？如此偏僻小路，魏軍如何敢來？」王平勸他在路口下寨，讓魏兵不能輕易通過。但是，馬謖不以為然，笑著說：「進軍要道哪是下寨的地方？側邊有一山，乃是天賜險要之地。兵書上曾說過：『從高處俯視來犯的敵人，可以迅速殲滅他們』。若魏兵敢進攻，必然讓他們有來無回！」

王平苦勸，但馬謖卻一意孤行地說：「丞相有事尚且要問我，你為何不聽號令！」王平無奈，只得自己領五千兵屯紮在進軍要道；又將馬謖在高山的營寨畫了圖本，連夜送給孔明過目。

司馬懿探知馬謖在山上駐紮，喜道：「馬謖徒有虛名，孔明用此人物，如何不誤事？」便命張郃引一軍擋住王平去路；又令將士四下圍住山腳，切斷蜀軍水源。

蜀軍見山下魏兵遍布，旌旗蔽日，都不敢下山。馬謖將紅旗招動，將士無一人敢動。他一怒之下，連殺二將。眾軍驚恐，只得下山來，準備突出魏兵的包圍，可是又怎能出得去呢？

馬謖無奈，只得緊閉寨門，等待外援。王平見魏兵包圍馬謖，要來救援，無奈力窮勢孤，被張郃阻攔，只得退守。而馬謖被魏軍圍困多時，山上無水又斷糧，全軍大亂，不少人下山向魏軍投降。

司馬懿又令人沿山放火，山上情形變得更加混亂。馬謖認為自己守不住街亭，只能帶著殘兵殺下山來，向西敗退。司馬懿有意讓馬謖通過，為的是讓附近幾座城關的守將知曉街亭失守，他便能趁機奪下周圍的城池。他令張郃從後方追擊，不久，張郃遇到魏延殺出，但是避而不戰，帶兵繼續追趕馬謖。當魏延轉而打算奪回街亭時，四下伏兵齊出，幸好王平及時趕到，才救了他，兩人往列柳城的方向敗退。

而列柳城守將得知街亭有失，便連忙帶兵趕去救援，途中遇見魏延、王平二人。三人商議要重奪街亭，兵分三路，來戰魏軍；但是，依然被魏軍打敗，只得再回奔列柳城，卻見城上已豎起魏的旗號。三人無奈，只得退守陽平關。

卻說孔明接到王平圖本，大驚道：「馬謖無知，害我大軍！」不久探馬來報，街亭、列柳城皆已失守。孔明長嘆一聲：「大勢已去！」只得吩咐眾將分守關口，準備退兵。

孔明自帶五千兵馬到西城搬運糧草。忽然傳來十餘次飛馬急報：「司馬懿率十五萬大軍，往西城而來！」這時孔明身邊並無大將，所帶五千兵也已有一半先運糧而去！眾官聽了消息，大驚失色。孔明登城眺望，果然見到塵土沖天，魏軍兵分兩路殺來。

孔明傳令：大開城中四門，每門用二十名士兵扮作百姓，打掃街道，吩咐即使魏兵來到，亦不可擅動。孔明披上鶴氅，頭戴綸巾，帶著二位小童，登上城樓，焚香安坐，神色從容地彈起琴來。

魏軍到了城下，見到眼前的情景，都不敢貿然進攻，急報司馬懿。司馬懿親自來看，見孔明泰然自若地在城樓上，焚香彈琴，心中大疑。

次子司馬昭說：「孔明恐怕沒有兵馬，我們何不乘勢發動攻擊？」司馬懿說：「孔明處事風格一向嚴謹，不曾冒險。如今卻大開城門，想必城內必有伏兵。」接著，他命後軍作前軍，往山北小路而退。孔明見魏軍退盡，鬆了一口氣，眾官仍驚魂不定。

司馬懿正往小路退兵，忽遇蜀軍殺出，司馬懿更加心疑，慌忙領兵退走。直到蜀兵退軍，司馬懿又回頭占領西城，他找來當地居民詢問，才知孔明當日的兵馬所剩無幾。司馬懿懊悔不已，仰天大嘆：「我不如孔明！」

孔明回到漢中，揮淚斬殺馬謖，又上表後主，因為自己觀人不周，導致全軍潰敗，所以自貶三等。之後，他繼續苦心經營，準備再度北伐。而司馬懿則回師助曹休去攻江東。未料，陸遜聯合鄱陽太守用詐降計，擊敗曹休，司馬懿也帶兵退回許昌。

孫權擊敗魏軍，便修書遣使入川，要孔明興兵伐魏。此時，趙雲病故，孔明便命魏延為前部先鋒，直攻陳倉道口。陳倉守將郝昭深通兵法，雖然士兵不多，卻築起深溝高壘，防守十分嚴謹；孔明連用雲梯、衝車、地道等方法，晝夜攻城，都被郝昭一一化解。之後又有魏將王雙來援，孔明見久攻不下，連敗幾陣後，只得令魏延守住路口。而後，姜維獻詐降之計，誘殺魏國大將，又打敗來劫營的魏軍。

眼看連敗數陣，大將軍曹真只得堅守不出。而蜀軍雖然連勝幾陣，無奈陳倉受到敵方把守，不便轉運糧草，糧食無法接濟，只得退兵。魏將王雙率兵追趕，卻受到魏延出其不意的伏擊，措手不及，最終被斬於馬下。

東吳群臣見孔明連勝魏國大軍，便擁立孫權為皇，勸其聯合蜀國興兵伐魏。之後，孔明趁陳倉守將郝昭病重，智取陳倉；又命魏延攻取散關，自己則帶領大軍準備北伐。

這時曹真得病未癒，於是，魏帝曹叡命司馬懿總督兵馬，迎戰吳、蜀大軍。司馬懿料定東吳不會輕易出兵，且猜想孔明必取隴西，因此命兩位將領帶兵，從小路去守武都、陰平兩郡，誰知孔明早讓姜維、王平先發制人，已攻下兩郡。司馬懿只好再令張郃等人乘夜偷襲蜀軍營寨，此計卻又被孔明料中，魏軍損兵折將，無奈之下，司馬懿只好下令堅守。

孔明見司馬懿堅守不出，心生一計，命各軍拔寨而起，每日後撤三十里。張郃以為蜀兵因為糧草接濟不上而退兵，便想率兵追擊，司馬懿不許。張郃再三請戰，還立下軍令狀，司馬懿只好命他帶領三萬精兵作為先鋒，自己率大軍接應，一路上，他也派人不斷到各處打探敵人的動向。

孔明這邊則命王平等人帶兵埋伏，準備切斷魏軍的退路；又命姜維、廖化各帶一隊兵馬伏在兩旁，等司馬懿圍攻王平時，帶軍攻打魏軍大營。張郃在進軍路上遇上多名蜀軍將領，戰了一陣，蜀兵不敵，張郃便乘勢追殺。孔明見張郃帶兵追來，便在山上一晃旗幟，王平所率的軍隊現身，圍攻張郃。魏兵奮力衝殺，無法突出重圍。隨後，司馬懿親自領大軍殺到，又將王平等人圍困猛攻。

此時，姜維與廖化依計行事，帶兵前去攻打司馬懿大營。司馬懿得報大驚，連忙回軍。蜀軍隨後掩殺，魏軍死傷無數。孔明正想再次發動攻勢，忽然有人來報：張苞連人帶馬跌入山谷，不幸傷重身死。孔明放聲大哭，口中吐血，臥床不起；他下令連夜拔寨班師返程。

蜀漢建興八年七月，曹真病癒，與司馬懿同領大軍伐蜀。孔明這時也已康復，他命人守住隘口。魏軍到了陳倉，正好被大雨所困，軍士怨聲不絕，只得退兵。孔明令關興、廖化為先鋒，再命魏延、馬岱分兵而出，自己領軍，到祁山會合。

孔明命五千蜀兵換上魏兵衣甲，來到魏軍營寨，說是司馬都督部下，騙魏兵打開寨門。眾人一入寨，便在各處放火。接著，各路蜀兵先後殺到，魏軍措手不及，各自逃生。幸好司馬懿趕來，救了曹真。曹真又羞又急，加上舊疾復發，當晚就死於軍中。

次日，孔明布置了一座陣法。司馬懿認得是「八卦陣」，便叫來三位將領，教他們破陣之法。哪知，三位將領進了陣，只見陣如連城，左衝右突，根本無法脫困，全被蜀兵逮住。

孔明命人將他們臉上塗墨後才放回，司馬懿大怒，指揮三軍，奮力殺來。關興、姜維各帶一隊兵馬從兩面突襲，司馬懿急忙退兵堅守。

司馬懿見鬥不過孔明，便派人到成都散布謠言，說孔明立了大功，早晚會自立為王。後主知道後，萬分著急，急忙下詔將孔明調回成都，孔明只好無奈退兵。

此後幾年，孔明數次出兵伐魏，雖然屢挫司馬懿大軍，但是終究因蜀國山路艱險，糧草轉運不便，每次眼看就要成功時，都因糧草問題，只能無功而返。

蜀漢建興十二年，孔明在蜀中囤積充足的糧草，再度率領大軍，第六次兵出祁山。魏帝曹叡聽聞後，派司馬懿率大軍前去迎敵。

孔明此番出兵，按左右中前後，下五個大寨，又自斜谷至劍閣一帶，連下十四個大寨，分屯軍馬，每日派人巡哨，以利和魏軍長久周旋。一日，孔明聽說魏國將領郭淮等人在北原下寨，守隴西一路，便派兵暗取渭水之南，不料此計被司馬懿識破，致使蜀兵大敗。於是，孔明修書孫權，請東吳起兵攻打魏國。

孔明為使糧草轉運更加便利，畫了圖紙，請工匠依照圖紙的要求，製作「木牛」和「流馬」。不出幾日，木牛、流馬製造完備，他們有如活生生的牛和馬一樣，能夠翻山越嶺，十分方便。大軍見後，無不歡喜。孔明便令人帶著一千軍士駕著木牛、流馬，往返劍閣和祁山搬運糧草。

司馬懿聽說後，急忙命人去搶得幾匹，又令工匠將木牛、流馬拆開，依樣製造。不到半月，做了兩千餘隻。司馬懿也命人帶領一千軍士，去隴西搬運糧草。孔明得知，不憂反喜。他任命王平帶領兩千士兵扮作魏兵，混入魏軍運糧的行列中；又命魏延、姜維、馬岱等人依計行事。

正當魏軍士兵駕著木牛、流馬，裝載糧米，半道上，忽報前方有一支軍隊前來接應。魏將大喜，待兩軍匯合，忽然間喊聲大作，蜀兵就在軍隊中殺起，魏兵猝不及防，死傷大半。

駐軍左近的郭淮得知軍糧被劫，急忙率兵來救。王平依照孔明的吩咐，命士兵將木牛、流馬的舌頭扭轉。郭淮見蜀軍退去，也不追趕，只命士兵來駕木牛、流馬，卻怎麼也推不動。他正感到疑惑時，突然，周遭喊聲大作，魏延、姜維率軍自險峻處擁出，郭淮大敗。司馬懿得知北原兵敗，帶兵來援。剛到半路，忽然聽見炮響，蜀軍從兩邊殺出，魏軍大敗。

此後，司馬懿任蜀軍百般叫陣，總是堅守不出。孔明便命蜀兵與魏民共處，各自種田，互不侵犯。魏軍將領見狀，尋思：「蜀軍於各處屯田，是準備和我們長久周旋。如果不及時剿滅他們，恐怕日後根深蒂固，難以撼動。」便帶兵出戰。

半月之間，魏軍截殺運糧蜀軍，連勝數陣。司馬懿審問俘虜來的蜀兵，得知孔明在上方谷安營，屯積糧草。司馬懿大喜，命諸將猛攻蜀軍的祁山大寨，自己帶兵攻向上方谷。孔明見魏兵行動，便命眾將準備去劫魏軍營寨。

魏兵來攻祁山大營，蜀兵四下逃走。司馬懿與兩個兒子司馬師、司馬昭帶兵殺向上方谷。到了谷口，遇上魏延，雙方廝殺，魏延不敵。司馬懿命人進到谷內打探，探子回報，谷內並無伏兵，山上都是草房。司馬懿心想，此處果然是屯糧之地，便全力進攻。進入谷中，他們卻找不到魏延，細看草房，發現盡是乾柴堆積而成。司馬懿大驚，心知自己中計。突然，只聽喊聲震天，山上的蜀軍一齊丟下火把來，燒斷谷口，整座山谷火勢沖天，司馬懿手足無措，下馬抱住二子哭道：「今日我父子三人恐怕都得死在這裡了！」

沒想到，忽然狂風大作，一聲雷響，天空下起傾盆大雨，烈火都被雨水澆滅。司馬懿大喜，引軍殺出。孔明在山上，原本見司馬懿被困谷中，心中甚喜，以為司馬懿此番必死；不料天降大雨，不禁感嘆：「謀事在人，成事在天。實在不能強求啊！」

之後，孔明奪下渭南魏寨，便在五丈原駐紮。司馬懿堅守不出，靜待蜀軍生變。孔明見司馬懿不敢出戰，便寫了一封信，附上一套女性服飾，派人送給司馬懿。

司馬懿見信中笑他像婦人一樣膽怯，不敢出戰，心中大怒，但他還是裝出笑容，收下衣服，招待使者。他假裝不經意地向使者打聽孔明日常飲食等事，司馬懿聽完後說：「孔明吃得少，又有許多事需要他煩心，長久下去怎麼可能不生病呢？」

魏軍眾將見司馬懿受了如此羞辱，卻不出戰，都十分不解。司馬懿說：「並非我不想要出戰，甘心被孔明屈辱，實在是因為有魏帝的詔令，命我堅守不出。」

眾將還是不解，紛紛請戰，司馬懿說：「待我上奏陛下，陛下答應後，我再和諸位一起合力殺敵，如何？」眾將這才答應。魏帝讀了奏章後，感到大惑不解。

有大臣說：「司馬懿本就無心出戰，他只是想借用陛下的詔書，來制約手下那些受諸葛亮激怒而請戰的將軍。」曹叡聽後，便傳令司馬懿不許出戰。

孔明得知詔書的事情後，對姜維等人說：「司馬懿如今傳魏帝曹叡的詔命，是安其軍心之法，亦是想令我們軍心鬆懈。」

正談論間，費禕從成都前來通報有關吳、魏的戰情：魏軍設計燒毀吳軍的糧草戰具，吳軍大敗，無功而返。孔明聽了，長嘆一聲，昏倒在地，過了好一陣子才清醒過來。

經過此事，孔明自知時日無多，便開始安排後事。他將畢生所用兵書傳給姜維，又授予馬岱密計，叮嚀他：「我死之後，你依計行事。」

又傳文臣楊儀等人，將國政大事一一調度完畢後便昏死過去，清醒後趕忙寫奏摺給後主。後主接到奏摺大驚，急命使者趕到軍中問安。孔明見過使者，流淚道：「我死後，你們都須盡心輔佐後主。國家的典章制度，不可隨意改動；我所任用的人，也不可輕易罷免。我已將畢生所學的兵法都傳於姜維，他可繼承我的遺願，為國家效力。」

使者聽完孔明的吩咐後，匆匆告辭。孔明勉強拖著病弱的身體，令左右扶他登上小車，出寨遍觀各營；陣陣秋風吹來，使他渾身發冷。孔明長嘆道：「我再也無法臨陣討賊了！」哀嘆許久，他回到帳中，病情愈來愈重，但還是召來楊儀叮囑退兵事宜，並交付一錦囊。

不久，使者又趕了回來，忙問孔明誰可繼任丞相。孔明說：「我死之後蔣琬可繼任。」接著，使者又問：「蔣琬之後，誰又可繼任？」

孔明說：「費禕可繼。」最後，使者再問：「費禕之後，誰可繼任？」孔明並沒有回答。眾將往前一看，發現孔明已經氣絕。

楊儀遵孔明遺命，沒有發喪，他依令要魏延斷後，讓士兵從各處營寨一一退去。魏延見孔明讓楊儀代理大事，對費禕說：「我身為前將軍、征西大將軍，怎麼叫我為一個小小的文官斷後！」

費禕說：「將軍所言極是，但您不可輕舉妄動，待我去見楊儀，叫他將兵權讓給將軍。」費禕見了楊儀，把魏延的話轉告給他。楊儀便改令姜維斷後，自己領兵緩緩而退。

魏延見費禕沒有帶回回話，心中疑惑，便命馬岱前去探聽消息。聽說大軍已退，姜維斷後，魏延大怒，要起兵去殺楊儀。馬岱也說自己不服楊儀，願同行相助。

司馬懿得知蜀軍退兵，料想孔明已死，便帶兵追擊。突然，一聲炮響，蜀軍列下陣勢。只見數十員將領，推出一輛四輪車，孔明正端坐在車上。司馬懿大驚：「孔明還沒死，我中計了！」急忙勒馬掉頭，魏兵嚇得魂飛魄散，各自逃命。幾日過後，司馬懿才知孔明已死，車上所坐是個木人。

蜀軍退到劍閣道口後，楊儀才發喪。忽然，前方喊聲震天，一支軍隊攔住去路。楊儀派人一探，原來是魏延燒了糧道，帶兵攔路。於是楊儀、姜維一邊領眾人從小路繼續撤退，一邊表奏後主魏延準備謀反之事。魏延企圖進攻卻不順利，於是，他帶著將士來找馬岱，勸他一同投魏，馬岱卻說：「將軍此言非常不智，大丈夫為何不自圖霸業，而輕易屈膝於人？我看將軍智勇雙全，兩川之士誰能匹敵？」魏延聽後大喜，便與馬岱帶兵造反，與楊儀對峙。

楊儀拆開孔明生前所付錦囊看了，出陣說：「你敢在馬上大叫三聲『誰敢殺我』，我就把城池獻給你。」

魏延大笑說：「孔明在時，我還怕他三分；如今他死了，你們又能拿我怎麼樣？莫說三聲，叫一萬聲都沒問題！」於是大叫：「誰敢殺我！」一聲未畢，腦後一人大聲回應道：「我敢殺你！」手起刀落，斬魏延於馬下。原來，孔明臨終之時，授馬岱的密計就是：只待魏延喊叫時，便出其不意殺了他。

楊儀扶孔明靈柩回到成都，後主及文武官僚盡皆掛孝，出城三十里迎接。蜀中百姓，不管老小，無不痛哭，哀聲震天。後主依孔明遺願，將其葬於定軍山。

魏景初三年，曹叡病死，傳位給年僅八歲的太子曹芳，遺命太尉司馬懿、大將軍曹爽共同輔政。曹爽聽信小人的讒言，奪走司馬懿的兵權。從此，司馬懿便託病不出，二個兒子也都退居閒職。

一日，曹爽請曹芳出城祭祀先帝。司馬懿見時機成熟，便派心腹到兵營，穩定軍心，再帶一班大臣入見太后，奏報曹爽的過失，曹爽因而被皇帝削去所有職權。不久，曹爽又因司馬懿查出謀逆篡位的罪證，遭到處死。曹爽死後，魏帝曹芳封司馬懿為丞相，令他和兩個兒子同領國事。夏侯霸是曹爽親族，見司馬懿濫殺曹家宗族，領兵三千造反，卻被雍州刺史郭淮打敗，無奈之下，他轉而投降蜀國。

不久，司馬懿病亡。曹芳封司馬師為大將軍，司馬昭為驃騎上將軍。此時東吳的陸遜、諸葛瑾等人相繼去世，國事均由諸葛瑾之子諸葛恪管理。不久，孫權也病死，由兒子孫亮繼位。魏國司馬兄弟見孫亮年紀小，便起兵伐吳。諸葛恪一面帶兵抵擋，一面修書姜維，約他起兵伐魏。姜維接到諸葛恪書信，再度出兵。司馬師得報，便命司馬昭帶兵，前來迎敵。

夏侯霸領了一隊蜀軍，換上魏軍衣甲，打著魏軍旗號，直奔魏寨。魏軍開門放蜀軍進入，蜀兵便在寨中發動攻勢。司馬昭大驚，慌忙帶兵上鐵籠山據守。同時，郭淮用詐降計打敗羌兵，捉了領兵的將領迷當，並勸他放棄原先與蜀軍的合作，去解鐵籠山之圍。

於是，迷當帶領羌兵為前部，魏兵在後，直奔鐵籠山。姜維見羌人前來，出寨相迎，而魏將乘機從後方夾擊，姜維大驚，慌忙上馬。郭淮引兵追來，張弓搭箭就射；姜維急忙閃過，順手接住那支箭，立刻張弓射去，郭淮應聲落馬。這一戰，姜維雖然兵敗，卻射殺了郭淮，重挫魏國軍威。

不久，司馬師廢去曹芳，立曹髦為帝。司馬師病死後，由司馬昭一人專政。姜維猜想司馬昭必定不敢輕易離開洛陽，便與師伐魏。蜀軍在洮水一戰，大破魏兵。

蜀漢景耀元年，駐軍淮南的魏國將領諸葛誕與東吳密謀，欲起兵討伐司馬昭。姜維得報，見魏國防務空虛，便出兵伐魏。他見魏軍在長城屯糧，便先攻長城，燒掉糧草。魏將鄧艾引兵來救，戰了一場，便紮下營寨，並不與姜維決戰。數日後，忽有探馬來報，司馬昭已打敗諸葛誕，戰勝東吳，正領兵前來救援。眼看著就要腹背受敵，姜維無奈，只得班師回朝。

這時，吳王孫亮已死，孫休即位。孫休料想司馬昭不久即將篡位，定會出兵滅蜀、吳，便修國書，請後主劉禪防備。但此時後主寵信宦官，鄧艾便讓人至成都收買後主所信任的心腹宦官，要他告訴後主姜維將要投魏。後主果然中計，急忙召回姜維。

姜維回朝後，怕被人謀害，便奏知後主，引軍屯田。鄧艾得報，奏知司馬昭。司馬昭便命他出師伐蜀。鄧艾兵臨成都，後主劉禪已無力抵抗，只能開城投降。

滅蜀後不久，司馬昭病死，由其子司馬炎繼承其位。他逼魏國皇帝曹奐退位，自己登基為皇，改國號大晉，改元泰始。數年後，他派大將率兵伐吳，當時的吳國皇帝孫皓率眾出降。於是，群雄割據、天下三分的局面正式落下帷幕，天下再次統一。

# 後來之事

羅貫中在此作中，是根據陳壽的《三國志》、風靡元朝的《三國志平話》話本以及史實改編而成，在故事的最後，司馬家族一統天下，但是天下就和平了嗎，讓我們接著看，後續歷史長河是如何繼續往下流。

在【晉】一統三國之後，又過了短短的三十幾年，發生了「八王之亂」，一場由貴族為爭奪中央政權的內亂，而這場八王之亂對當時社會、對主政者造成了巨大衝擊，加速了晉朝的分裂，也讓北方少數民族看到破綻，趁西晉政權內部空虛，紛紛起兵脫離晉朝控制，並陸續建立割據政權，大亂中原，匈奴擊敗洛陽的軍隊，在城裡燒殺搶掠，俘虜了當時的皇帝晉懷帝，導致晉滅亡，後世稱「五胡亂華」。之後晉朝遺族紛紛逃離中原、到江南地區建立王朝，把首都遷到建康，史稱東晉。

**「這是中國史上大動亂的時代」**

注：「建康」現在位於中國南京市區的中南部

北方的地區則由漢人以及非漢人的各游牧民族部族政權割據，前後建立很多國家︵當中十六個國家實力強勁，作為代表︶，其中以鮮卑族建立的一系列政權影響力最廣。又因為鮮卑族是古代東胡族後裔，所以把這五個少數民族「匈奴、羯、鮮卑、羌、氐」統稱作「五胡」，中國古代史進入五胡十六國時期。於是天下又回到豪強一同爭奪的局面，進入南北朝時代，北方和南方先後有的政權不斷更迭，也是這一時期中原人口大量湧入中國南方，為南方帶來大量勞動力與先進的技術，經濟重心也漸漸南移。

北方的北魏孝文帝（467年10月13日—499年4月26日）大力的推動「漢化」，規定以漢服代替鮮卑服，以漢語代替鮮卑語，改鮮卑姓為漢姓，自己也改姓「元」，鼓勵族群通婚，也緩解了民族隔閡。

直到「隋滅陳之戰」後，隋朝正式成為南北統一的王朝，為這混亂的時代畫下休止符。

# 專文導讀

張 璉
原東華大學歷史系教授兼圖書館館長
輔仁大學圖書資訊系兼任教授

「大江東去，浪淘盡，千古風流人物；故壘西邊，人道是，三國周郎赤壁……」，每讀蘇東坡〈赤壁懷古〉，總令人無限感慨。蘇老所遙想的，是三國的英雄豪傑，有如滔滔江水消失得無影無蹤，他也投射到自身，再多的豪情壯志，終歸都在笑談之中灰飛煙滅。算一算，蘇東坡距離三國有八百年，你我又距蘇老超過九百年，歷經一千七百餘年淘洗之後，三國歷史，依然迴盪在你我的記憶裡；三國人物，依然鮮活的在你我笑談中，這又是何故？

蘇東坡畫像 *1

## 生花妙筆的《三國演義》

不少年輕人初接觸三國歷史，是經由電玩遊戲，電玩之所以迷人有趣，就在於具有競賽的特性，魏、蜀、吳都想稱霸中原，彼此間的鬥智競合與廝殺場面，為遊戲開發商提供絕佳的場域。然而，真正讓三國引領風騷的，是元末明初通俗小說家羅貫中（1330-1400），以生花妙筆的《三國演義》為三國歷史打開了新視界。羅貫中採集民間戲曲、話本，參酌陳壽的《三國志》與相關史料，加上對歷史人生的體悟，寫下史上第一部長篇歷史章回小說《三國志通俗演義》，後人簡稱《三國演義》。《三國演義》採逐章分回的敘事，以文白夾雜的筆調，明快流暢的節奏，個性鮮明的人物，鬥智謀略及錯綜複雜的情節，環環相扣、前後呼應，把短短數十年的歷史，描寫得曲折驚奇而變幻莫測，此書一問世，

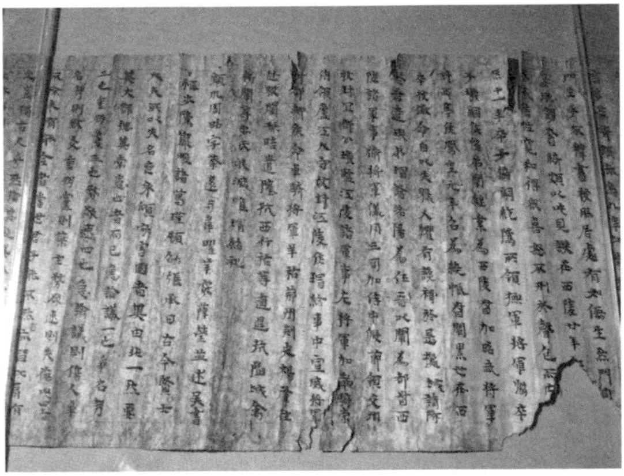

《三國志》〈步騭傳〉殘卷 *2

便人人爭相搶讀。據明弘治七年(1494)庸愚子《三國志通俗演義・序》記載：「書成，士君子之好事者，爭相謄錄，以便觀覽。」洛陽紙貴的盛景亦不過如此。

## 歷史實景與敘事場景

《三國演義》開頭第一句「話說天下大勢，分久必合，合久必分」，道出自秦、漢統一以來首度陷入混亂紛爭的時代。東漢末，權臣跋扈、政治昏暗，各地群雄為挽狂瀾救頹勢，紛紛集結勢力，形成以曹操、劉備與孫權為首的三大集團。三巨頭各據一方，皆欲爭霸中原，形成罕見的歷史實景。羅貫中以黃巾之亂揭開序幕，引出桃園三結義，繼而逐步托出魏、蜀、吳三股勢力，及至三國鼎立，止於西晉統一，將這段詭譎多變的時空做為敘事的場景。鼎足而立的三集團相互牽制的政治角力，大不同於對峙兩方以多寡強弱的較勁，其間的競合謀略

三國勢力劃分圖 *3

更為複雜，作者在處理人物、分析戰略、刻畫英雄，以及層出不窮的謀略等等，龐雜而有層次，繁瑣而不紊亂，回回描寫得生動鮮活、引人入勝，無不令讀者嘆為觀止、拍案叫絕。

## 演義與正史

所謂演義，是小說家依據史實，雜以野史傳說，將人物與事件予以發揮創新，敷衍而為通俗易讀的小說。事實上《三國演義》非一人創作，而是許多演義家共同的作品，晚唐已有「說三分」，宋代更流布三國志平話、戲曲，這些都是羅貫中加工潤色的素材。《三國演義》人物鮮活、情節真切，常被誤以為是三國正史，實則，人物、情節與正史《三國志》有所差異，更大的不同在於「正統」的認定。

什麼是正統？中國歷史悠久漫長，歷經多次鼎革易代，倘新王朝建立的政權具合法性，就是接續正統。正

京劇中曹操的扮相 *4

統觀源於儒家經典《春秋》「居正」、「一統」概念，影響歷代史家論史的觀點。《三國志》以曹魏為正統，因曹丕改號稱帝是經由漢獻帝禪讓而來，自是合法的正統王朝；但《三國演義》凸顯劉備為漢室之後，稱他劉皇叔，讚賞他忠於漢室，寬厚愛民，從人物刻畫到斥奸頌德，皆流露尊劉抑曹的傾向。羅貫中偏好蜀漢，不止因朱熹以蜀漢為正統在先，也與他身處的時代有關，元末為推翻蒙元統治、恢復漢家天下，各地群雄並起，從情感上，羅貫中藉著劉備復興漢室的旗幟，自然以蜀漢為正統的觀點貫穿全書了。

演義說史，不免冗長穿鑿，但清初戲曲家李漁(1611-1680)以為《三國演義》「匠心獨運」，不僅「據實指陳，非屬臆造……貫穿其事實，錯綜其始末」，最奇之處是雅俗共賞，士夫俗子皆愛讀，且讀之而後快。我們熟知的「四大奇書」，就是由李漁評定的，他譽稱《三國演義》「堪與經史相表裡」，特別位列

趙雲於長坂坡救出後主劉禪 *5

四大奇書之首。不過，歷史上最大的叢書《四庫全書》並未收錄，因「經、史、子、集」四庫的類目不包括小說類，故不在其中。

桃園結義 *6

## 塑造形象與教化人心

《三國演義》的人物眾多，據統計約有一千兩百人，超過《紅樓夢》的九百餘人。書中的重要人物皆有鮮明的性格，從曹操的奸詐、劉備的仁愛、諸葛亮的智謀、關羽的忠義，到孫權的躊躇、周瑜的妒才等，皆已深植人心。除性格迥異外，相貌、神態、語氣亦各有特色，因此，當我們說到曹操，便浮現奸詐多疑的白臉奸臣；想像諸葛亮，彷彿一位沉著智慧的謀士立於眼前；提起張飛，就是一疾惡如仇的勇士；談到趙雲，必豎起大姆指誇讚他的忠義，其實，這些都是塑造出來的形象。藝術創作與歷史原型本就有差距，曹操未必如此奸詐，諸葛亮也未必如此足智多謀，一來是出於小說家藝術創作的手法，其次，是通俗小說寓有「導愚」、「適俗」的教化之功。

以桃園三結義為例，正史中只提到劉備、關羽、張飛三人「恩若兄弟」，

《三國演義》便使三人結為異姓兄弟，且誓言「上報國家，下安黎庶；不求同年同月同日生，只願同年同月同日死」，三人團結同心恢復漢室，如背義忘恩，則天人共戮。羅貫中傳達的是愛國救民的情操，以及相知相惜的生死之交。另一個焦點人物諸葛亮，足智多謀、睿智變通，無人能及，如草船借箭、空城計、木牛流馬皆令人稱奇，既是智者，也是忠臣，最終積勞成疾，病逝五丈原，孤臣無力回天，他「鞠躬盡瘁、死而後已」的愛國情操，任誰都會掬一把淚。又如曹操，陳壽說他是「非常之人，超世之傑」、「治世之能臣，亂世之奸雄」，《三

木牛（推測樣貌）*8

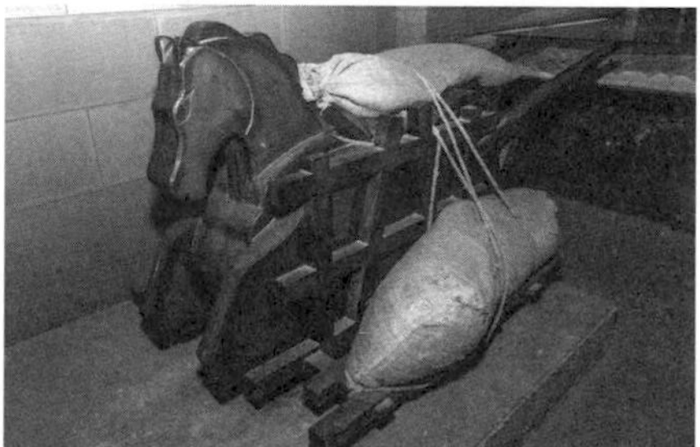
流馬（推測樣貌）*9

諸葛亮畫像 *7

國演義》將如此兩極化的評價，塑造為既是智謀機敏有才情的英雄，又是奸詐多疑凶狠的奸雄。概括的說，諸葛亮、劉備、關羽幾乎等於智、仁、義的化身，董卓、曹操則代表奸惡的負面形象。通過典型化的人物，羅貫中表彰仁愛、智勇與忠貞的美德，反映抑惡揚善的良風美俗，教化庶民百姓於無形之中。

## 讀演義、思歷史、立品格、知古今

《三國演義》，古有章回小說，今有改編的少年讀本，流暢的敘事，活潑生動的情節，是中小學生最佳的輔助教材，也是家庭親子共讀的好書。大人小孩同讀演義，一起遨遊於三國風雲之中，走進英雄人物的內心，懷想故壘西邊江山如畫的那段歷史；從琅琅上口的成語，探知蘊藏其後的歷史典故；從仁愛、忠義、智勇的人物形象，樹立是非善惡與道德品格的典範。此外，從政治、外交與謀略、兵法，乃至人生哲思等，皆可激發青少年的思辨力，增強組織縝密的思維。更遠大一點，援引庸愚子所言：「三國之盛衰治亂，人物之出處臧否，一開卷，千百載之事，豁然於心胸矣。」這是說，當你讀過《三國演義》，對於千百年來的治亂興衰與人物褒貶，便可了然於胸，並能開拓鑑往知來的廣闊視野。

# 溫故、發想、長知識

看完精彩的三國後，讓我們一同複習及發想

1 桃園三結義是哪三位？三兄弟的排行為何？

2 曹操邀劉備煮酒論英雄，劉備認為哪些人是英雄？

3 而曹操心目中的英雄又是哪些人？劉備如何應對曹操？

4 是哪場戰役奠定了三國鼎立的局面？

5 趙雲在長坂坡救出阿斗，你認為劉備為何要摔阿斗呢？

6 在篇章【三氣周瑜】中，周瑜吐血身亡前對上天說了甚麼？

7 作者羅貫中，將周瑜描寫成為心胸狹隘，與諸葛亮明爭暗鬥的人物，換作是你，面對同樣領域比你優秀的人，會如何調適心態？

8 下列哪個成語是形容劉備得到諸葛亮後的心境？
A.龍困淺灘 B.如魚得水 C.意氣相投

9 故事的最後，是哪個王朝結束了三國時代？篡位者原本是三國中哪一國的臣子？

10 在三國演義中，你最喜歡哪個計謀呢？為什麼？

11 以下是杜甫的七言絕句作品，描述的是三國演義中的哪個人物？

**丞相祠堂何處尋，錦官城外柏森森。**
**映階碧草自春色，隔葉黃鸝空好音。**
**三顧頻煩天下計，兩朝開濟老臣心。**
**出師未捷身先死，長使英雄淚滿襟。**

解答：P.150

# 答案

1 大哥劉備、二哥關羽、三弟張飛。

2 劉備認為袁術、袁紹、孫策是英雄。

3 曹操心目中英雄是自己和劉備。劉備假裝害怕雷聲，以騙過曹操。

4 赤壁之戰。

5 讓趙雲更加忠誠，也感化了當時在場的所有隨從。後有三國歇後語：劉備摔阿斗——收買人心。

6 既生瑜，何生亮。

7 無標準答案，好好地想一想。

8 B如魚得水。

9 晉朝、原本是魏國的臣子。

10 無標準答案，好好地想一想。

11 諸葛亮，此詩為杜甫《蜀相》。

# 照片來源：Wikimedia Commons

1. 蘇東坡畫像
作者：趙孟頫
日期：2018年7月11日上傳
來源：《赤壁二賦》（1301年）
授權許可：此作品屬於公共領域

2. 《三國志》〈步騭傳〉殘卷
作者：貓貓的日記本
日期：2013年12月29日上傳
來源：《三國志》東晉隸書抄本
授權許可：此檔案採用創用CC姓名標示－相同方式共享3.0未在地化版本授權條款

3. 三國勢力劃分圖
作者：玖巧仔
日期：2011年上傳
來源：私人著作
授權許可：此檔案採用創用CC姓名標示－相同方式共享3.0未在地化版本授權　條款

4. 京劇中曹操的扮相
作者：Shizhao
日期：2008年上傳
來源：私人著作
授權許可：此檔案採用創用CC姓名標示－相同方式共享3.0未在地化版本授權條款

5. 趙雲於長坂坡救出後主劉禪
作者：Rolf Müller (User:Rolfmueller)
日期：2005年4月17日上傳
來源：北京頤和園長廊彩繪
授權許可：此檔案採用創用CC姓名標示－相同方式共享3.0未在地化版本授權條款

6. 桃園結義
作者：不詳
日期：2008年8月13日上傳
來源：《金陵萬卷樓刊》（1591年）
授權許可：此作品屬於公共領域

7. 諸葛亮畫像
作者：上官周
日期：2006年9月17日
來源：《晚笑堂竹莊畫傳》（1921年）
授權許可：此作品屬於公共領域

8. 木牛（推測樣貌）
作者：Morio
日期：2016年9月3日上傳
來源：私人著作
授權許可：此檔案採用創用CC姓名標示－相同方式分享4.0國際授權條款

9. 流馬（推測樣貌）
作者：Morio
日期：2016年9月3日上傳
來源：私人著作
授權許可：此檔案採用創用CC姓名標示－相同方式分享4.0國際授權條款

國家圖書館出版品預行編目 (CIP) 資料

世紀名家：三國 / 羅貫中作 . -- 初版 . -- 桃園市：目川文化數位股份有限公司 , 2023.08
152 面 ; 15x21 公分 . -- ( 世紀名家系列 ; 1)
ISBN 978-626-97050-7-8( 平裝 )

857.4523　　112012934

**世紀名家 001**

**三國**

ISBN 978-626-97050-7-8　書號：CRAA0001

作　　者：羅貫中
主　　編：林筱恬
編　　輯：徐顯望
插　　畫：林子琪
美術設計：巫武茂
出版發行：目川文化數位股份有限公司
總 經 理：陳世芳
發　　行：劉曉珍
地　　址：桃園市中壢區文發路 365 號 13 樓
電　　話：(03) 287-1448
傳　　真：(03) 287-0486
電子信箱：service@kidsworld123.com

法律顧問：元大法律事務所
印刷製版：長榮彩色印刷有限公司
總 經 銷：聯合發行股份有限公司
地　　址：新北市新店區寶橋路 235 巷 6 弄 6 號 4 樓
電　　話：(02) 2917-8022
官方網站：www.aquaviewco.com
網路商店：www.kidsworld123.com
粉 絲 頁：FB「目川文化」
出版日期：2023 年 8 月
定　　價：350 元



**建議閱讀方式**

| 型式 | 圖圖圖 | 圖圖文 | 圖文文 | | 文文文 |
|---|---|---|---|---|---|
| 圖文比例 | 無字書 | 圖畫書 | 圖文等量 | 以文為主、少量圖畫為輔 | 純文字 |
| 學習重點 | 培養興趣 | 態度與習慣養成 | 建立閱讀能力 | 從閱讀中學習新知 | 從閱讀中學習新知 |
| 閱讀方式 | 親子共讀 | 親子共讀 引導閱讀 | 親子共讀 引導閱讀 學習自己讀 | 學習自己讀 獨立閱讀 | 獨立閱讀 |